딱
지

딱지

전준우 지음

소설을 쓰는 게 이토록 어려운 일인지 몰랐다.

3년 전, 아들이 다니던 어린이집 앞 편의점에서 쓰기 시작한 소설이 이제야 출간된다고 생각하니 마음이 착잡해짐을 느낀다. 소설가가 되고자 한 것은 어릴 때 꿈이었으나, 나이 마흔을 넘긴 지금에서야 첫 소설을 출간하게 되어 얼마나 소망스럽고 감사한지 모른다. 아울러 인생에 크고 작은 영감과 도움을 주신 많은 분들의 얼굴이 새록새록 떠오른다.

어린 시절, 가마무트름한 얼굴에 동그란 눈을 가지고 있던 나의 별명은 '아프리카 쌔깜디'였다. 지금이야 보기 좋은 구릿빛 피부를 갖고 있다고들 하지만, 뽀얀 얼굴 일색인 아이들 틈바구니에서 내가 받았던 마음의 상처는 대단했다. 봉건적이고 유교적인 분위기를 가진 소도시 안동에서 자존감 낮고 우울한 학창 시절을 보낸 나는, 아주 어린 소년이었던 시절부터 '사람은 왜 사는가, 올바른 교육이란 무엇인가'에 대한 근원적인 질문을 던지며 대부분의 시간을 보냈다. 자연스럽게 나는 다양한 교육기관에서 교사로 근무할 수 있는 기회를 얻었고, 아이들을 가르쳤다. 그렇다 보니 소설 속 은재는 내가 교육기관에서 근무할 때 가르치던 학생의 이야기이기도 하고, 현시대를 살아가고 있는 우리가 살면서 종종 마주치는 사회적 문제들을 경험하고 느끼며 조금씩 성장하는 소년이기도 하지만, 1990년대 초 대한민국의 어느 소도시에 위치한 초등학교에서 어린 시절을 보낸 나의 이야기인 동시에 아버지, 선생님, 주변 형들과 친구들의 도움으로 무사히 성장하여 현재를 살아가는 40대 가장의 모습을 담고 있는 인물이기도 하다. 그런 상황에서 쓰여진 원고이다 보니 시대적 배경은 1990년대 초 대한민국 초등학교 교실이지만, 작중에서 다루는 사회적 문제들은 현재를 살아가고 있는 우리가 한번쯤 생각해볼 만한 이야기들로 채워졌다는 점을, 독자 분들께서는 미리 염두에 두고 읽어주십사 하는 바람이 있다.

마흔이 되어서야 비로소 과거의 나를 오롯이 마주해볼 수 있는 힘이 생겼다. 작고 여린 꼬마였던 내가 어른이 되어 나의 상처를 글로 써내려 갈 수 있는 사람이 되었다는 사실에 몹시도 위안을 느꼈다. 내가 쓴 글에 나 스스로 위안을 얻는다는 것이 무척 낯설게 느껴질 법도 하지만, 모름지기 글을 쓰는 사람은 글을 쓰는 행위를 통해서 상처를 치유받고 세상과 소통하는 방법을 배워야 한다고 생각하는 입장이다. 그런 면에서 이번 소설 집필은 나를 오롯이 마주할 수 있는 소중한 시간이었고, 값진 경험이었다.

본 작품을 통해 사람과 사람은 무엇으로 연결되어야 하는지, 우리는 서로에게 누구여야 하는지를 진지하게 고민해볼 수 있는 이야기를 쓰고 싶었다. 우리 모두 누군가에게 아버지가 될 수도, 창식이 형이 될 수도, 어머니가 될 수도 있기 때문이다.

사랑하는 아들, 아내, 그리고 첫 소설의 출간을 마음을 다해 축하해주신 부모님에게 이 작품을 바친다.

목차

프롤로그 05

<u>01</u> 새학기 10

<u>02</u> 만남 49

<u>03</u> 꽃 64

<u>04</u> 어른 94

<u>05</u> 용서 107

<u>06</u> 돈 127

<u>07</u> 배 148

<u>08</u> 사과 163

<u>09</u> 꿈 184

<u>10</u> 라면 194

<u>11</u> 딱지 220

<u>12</u> 선생님 233

끔天 250

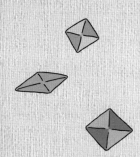

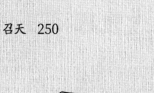

01

새학기

축축하고 어두운 하루가 시작된 곳은 이제 초등학교 3학년에 올라가는 은재의 집이었다. 거실엔 싸늘한 기운이 맴돌았다. 이제는 익숙해져 버린 그 싸늘함이 은재의 마음을 더욱 침울하게 만들었다. 분명 설거지를 하고 소연이를 재우다 잠이 들었는데, 싱크대에는 김칫국물이 묻은 밥그릇과 젓가락이 소주잔과 함께 담겨 있었다. 창문이 미세하게 흔들리는 소리가 귓가에 들려왔다. 찬바람이 부는 것 같았다. 봄이라고 하기엔 바깥 날씨는 무척 추웠다.

-소연이 자나?

화장실에서 나오신 아빠의 목에는 수건이 걸려 있었다. 그 수건으로 발을 닦으며 은재에게 물었다.

-깨울게요.
-됐다. 일어나겠지.
-언제 오셨어요?

-일찍 왔는데 자고 있데. 밥은 먹고 잤나?

-예.

-뭐 먹었노?

-할머니가 밥해 두신 거.

-그래. 토요일에 할머니하고 햄버거 먹으러 가자.

은재는 혀로 아랫입술을 핥으며 애서 점잖은 척 해보려 했으나 잘 되지 않았다. 저도 모르게 웃음이 터져나올 때, 아무렇지 않은 듯 행동하기 위한 습관이었다. 은재의 얼굴에 금세 환한 기색이 맴돌았다.

아빠는 늘 바빴다. 아니, 바빠 보였다는 게 더 정확한 표현인지도 모르겠다. 아침에 나가면 소연이랑 은재가 잘 때 집으로 들어오셨으니까. 확실한 건 아니다. 은재의 마음이 꿈결의 손짓을 따라 꿈나라로 조금씩 여행을 떠날 때쯤 꺼끌꺼끌한 아빠의 수염이 뺨을 스치고 지나가는 것을 느꼈기 때문에, 잠결에 '오늘도 늦게 오셨구나' 하고 짐짓 생각할 따름이었다. 언젠가 아빠랑 함께 갔던 동네 목욕탕에서 맡아 본 적 있는 화장품 냄새, 그리고 흐느끼는 듯한 아빠의 숨소리를 느끼면서 은재는 꿈나라로 향했다.

은재는 엄마가 없다. 은재가 7살, 소연이가 5살 때 엄마가 사라졌다. 언젠가 옆집 할머니가 아랫골목의 신화슈퍼 주인아줌마랑 이야기하면서 "저거 나라로 도망가뿟다이가."라고 말한 게 기억났다. 엄마의 나라가 어디인지, 은재는 모른다. 필리핀이라고 들은 것 같은데, 확실하진 않다. 아무도 엄마의 행방을 몰랐다. 엄마의 모습이 어렴풋하게 기억이 나지만, 이제는 조금씩 가물가물해져만 간다.

엄마가 없어진 그 날이 새록새록 생각날 때가 있었다. 그 날 엄마는 은재와 소연이의 손을 잡고 집 근처 대형마트로 향했다. 소연이에게는 곰인형을, 은재에게는 시리즈 장난감을 사주었다. 전부터 갖고 싶어 했던 시리즈 장난감이었다. 제일 저렴한 모델이었지만, 엄마랑 같이 대형마트에 가는 것만으로도 충분히 즐겁고 행복한 시간이었다. 집으로 오는 길에 신화슈퍼에서 까먹는 아이스크림도 한 통 샀다.

　-엄마. 나 저 아이스크림 먹고 싶어.
　-저거 비싸, 엄마 돈 없어.

은재와 소연이의 칭얼거림에 늘 똑같이 대답하던 엄마였지만, 그날은 까만색 비닐봉지에 아이스크림을 담아서 주는 아줌마에게 선뜻 만원 한 장을 내밀었다. 평소에는 비싸서 사 먹지도 못하던 그 아이스크림을, 그 날 비로소 엄마가 사준 것이었다.

　-애들이 좋아하지, 뭐. 어른들이 이런 거 비싸서 먹겠나.
　-네, 맞아요.

엄마는 짧게 대답하며 가게 문을 나섰다. 비닐봉지에 담긴 아이스크림을 받아 들고 마트 문을 나서는 엄마는 미소 지으며 웃고 있었지만, 웬지 모르게 슬퍼 보였던 기억이 생생하다. 아이스크림은 맛있었다. 광고에서나 보던 그 아이스크림을 실제로 먹으니 꿈을 꾸는 것 같았다.

천천히 깨물어서 먹으라는 엄마의 말은 들리지도 않았다. 은재와 소연이는 아이스크림의 달콤함과 부드러움을 느끼면서 천천히, 아주 천천히 빨아 먹었다. 그런 은재와 소연이를 엄마는 잠자코 바라보았다.

-아이스크림 3개 먹으면 죽는대.
-왜?
-배 아파서.

동네 코흘리개들이 하던 이야기를 곧이곧대로 믿은 은재는 한 번도 아이스크림을 3개 이상 먹어본 적이 없었다. 3번째 아이스크림을 꺼내 들면서 은재는, 혀로 아랫입술을 핥으며, 조심스럽게 엄마의 얼굴을 바라보았다.

-많이 먹어. 괜찮아.

엄마는 은재와 소연이의 얼굴을 쓰다듬으며 이야기했다. 은재는 속으로 가만히 생각했다. 이렇게 맛있는 아이스크림이라면 다 먹고 죽어도 괜찮겠다고. 소연이의 턱과 손가락에 묻은 아이스크림을 닦아주면서, 엄마는 은재와 소연이를 가만히 바라보았다. 엄마의 눈망울에 은재와 소연이의 얼굴이 비치는 것을 보았다.

-엄마, 내 쪽으로 누워!
-싫어! 엄마 내 거야!

엄마와 함께 잠자리에 누운 소연이와 은재는 엄마 쟁탈전을 벌이는 게 일이었다. 그날도 그랬다. 누워 있는 엄마 양쪽에 달라붙어서 은재와 소연이는 서로 엄마에게 자신을 바라봐 달라고 칭얼거렸다. 아빠와 할머니가 집에 없었던 것만 빼면, 평소와 다를 바 없는 행복한 밤이었다. 아니, 어쩌면 두 번 다시 돌아오지 않을 행복한 시간이었는지도 모른다. 아이스크림, 장난감, 따뜻한 엄마의 품까지, 모든 것이 완벽한 밤이었다. 엄마는 양팔을 벌려 은재와 소연이를 품에 안고 잠자코 사랑한다고 이야기했다.

-사랑해, 은재야. 사랑해, 소연아.
-엄마, 사랑해.

그 날 밤은 무척이나 길었다. 은재와 소연이는 누가 먼저랄 것도 없이 엄마에게 사랑한다고, 엄마를 좋아한다고 이야기했었던 것도 같다. 엄마를 아빠보다 더 사랑한다고, 평생 엄마랑 같이 살 거라고 이야기했었다. 그런 은재와 소연이의 머리를, 엄마는 한참 동안이나 쓰다 듬어 주었다. 엄마의 목소리, 엄마의 품, 엄마의 사랑. 그 모든 것이 따뜻하다고 느끼며 은재와 소연이는 꿈나라로 향했다. 그리고 일어났을 때, 엄마는 곁에 없었다.

-저거 시아바이 똥오줌 치우는 것도 쉬운 일 아이지. 내사 은재 아바이도 글코 안타깝다만, 머 우야겠노? 지 인생도 있는 기지. 시아바이 때문에 가가 고생 많았다.

엄마가 사라진 그 날은 할아버지가 돌아가신 지 삼일째 되는 날, 입관일이었다. 할머니와 아빠는 장례식장에 있었고, 은재와 소연이는 엄마와 집에 있었다. 장례식에 올 만한 가족 친지도 별로 없고, 이웃 사람이라고 해봤자 아랫집 김씨네랑 아빠가 일하는 곳에 동료들 몇몇 정도뿐인데 뭐하러 애들까지 내버려 두고 나와서 음식 차리고 손님 맞이를 하겠으며, 무엇보다 은재랑 소연이는 아침 일찍 유치원에 가야 하니 장례식에 올 것도 없이 일찍 자야 한다는 게 할머니의 주장이었지만, 고생한 며느리가 장례식장까지 와서 뒷바라지하는 게 영 마음 불편하다고 애써 배려를 해준 할머니의 배려심이었다는 것을 은재는 알지 못했다. 이렇게 영영 아이들과 남편 곁을 떠날 줄 알았더라면, 그런 깊은 배려까지 해주었을까. 하지만 떠난 사람은 붙잡을 수 없다. 이후 엄마에게는 어떤 소식도 없었다.

집에는 가족사진 한 장이 있었다. 소연이가 지금보다 어릴 적 찍은 사진이었다. 언젠가 아빠, 엄마랑 같이 여행 가서 찍은 사진이었으리라. 카메라가 무서워 잔뜩 찡그린 표정으로 엄마 품에 안겨 있는 소연이를 제외하고 사진 속 엄마, 아빠, 은재는 환하게 웃고 있었다. 무엇이 저들로 하여금 그토록 행복한 미소를 짓도록 만들었을까. 이제는 사진으로만 남겨진 엄마의 얼굴을 볼 때마다 은재는 환하게 미소 짓고 있는 엄마가 그리웠다. 환한 미소로 웃는 얼굴 뒤에 숨겨진, 활짝 핀 꽃처럼 젊고 착해 보이는 엄마가 무척이나 보고 싶었다. 사진 속 엄마의 얼굴을 보고 있으면 은재의 마음은 엄마가 곁에 있었던 그 시절로 되돌아가곤 했다. 그런 은재의 마음을 아는지 모르는지, 싸락눈이 섞인 3월의 바람은 더욱더 차갑게 느껴졌다.

　-밥 챙겨먹고, 소연이 공부도 좀 봐주래이. 뭔 일 있으면 전화하고.
　-언제 오세요?
　-오늘은 일찍 오께. 먼저 자고 있어라.

　아빠는 지갑에서 천 원짜리를 두 장 꺼내 은재의 손에 쥐어 주었다. 결코 적지 않은 하루 용돈이었다. 돈을 쥐어 주는 아빠의 손과 옷에서는 눅눅하고 퀴퀴한 냄새가 났다. 무슨 냄새인지는 몰라도 익숙해진 지 오래였다. 술과 먼지가 뒤섞인 세상의 냄새라는 것을, 은재도 어른이 되고 나면 이해할 수 있을까.

16

-은재야! 학교 가자!

올해도 같은 반이 된 수진이였다. 수진이는 분홍색 구두를 신고 왔다. 걸을 때마다 또각또각 소리가 나는, 예쁜 꽃무늬 장식이 달린 그 구두를 신은 수진이가 무척 예뻐 보였다. 구두가 수진이에게 무척 잘 어울린다고 은재는 생각했다.

-잠시만. 소연이 준비가 덜 됐어.
-응, 알겠어. 기다리고 있을게.

수진이는 항상 은재 편이었다. 2학년 2학기가 시작될 무렵 수진이의 분홍색 구두를 쓰레기통에 숨겨 두었던 상진이 녀석은, 은재의 주먹질에 쌍코피가 터진 뒤로 다시는 수진이에게 말도 걸지 않았다. 덕분에 은재는 학교에 찾아온 상진이 엄마에게 호되게 야단을 맞았지만, 그 뒤로 수진이가 은재의 둘도 없는 단짝친구가 된 것은 분명히 멋진 일이었다. 은재는 그런 수진이가 좋았다. 오늘은 수진이한테 쫀드기 사줘야지, 은재는 마음먹었다.

-나 이천 원 있어! 이따가 내가 쫀드기 사줄게.
-이천 원?
-응. 아빠가 아침에 간식 사 먹으라고 주셨어.
-와 좋겠다! 근데 은재 너, 아빠가 너 맛있는 거 사 먹으라고 돈도 주

고 그러시는데 아빠한테 잘해야 돼. 알겠지?

-나 엄청 잘해. 소연이 밥도 내가 다 먹여.

-그래, 은재야.

크고 맑은 눈, 오뚝한 코, 갸름한 얼굴, 구슬이 알알이 박힌 까만색 원피스에 하얀 스타킹을 신고 분홍색 구두를 신은 수진이는 마치 아름다운 공주님 같았다. 수진이의 머리를 묶고 있는 방울을 보면서 은재는 수진이가 참 예쁘다고 생각했다. 나중에 수진이랑 결혼해야지. 엄마처럼 우리 곁을 떠나지 않도록 진짜 잘해 줄 거야. 그런 은재의 속마음을 아는지 모르는지, 수진이는 은재의 손을 꼭 잡고 학교로 향했다.

3학년이 시작되는 학기였다. 반 배정은 끝났고, 방학도 끝났다. 이맘때쯤 되면 아이들의 마음은 항상 들떠있기 마련이다. 새로운 친구를 사귄다는 즐거움보다는, 새 책과 새 공책, 새 연필, 새 필통이 주는 즐거움이 더 컸기 때문이다. 게다가 해가 바뀔 때마다 새로운 장난감들이 문구점에 많이 들어오곤 했다. 해마다 유행하는 장난감이 있었는데, 개중에는 아이들의 마음을 한껏 유혹하는 장난감이 있게 마련이었다.

은재가 2학년이 되던 해에 선풍적인 인기를 끌었던 장난감은 고무팽이였다. 고무로 만들어진 팽이라고 해서 고무팽이였는데, 거무튀튀한 색깔 때문에 볼품도 없었거니와 조악한 품질 때문에 금세 두쪽으로 갈라지기 일쑤였다. 이에 뒤질세라 곧 플라스틱 팽이들이 문구점으로 대거 쏟아져 들어오기 시작했다. 입에 붙은 감이 있다 보니 여전히 고무팽이라고 불리던 그 플라스틱 팽이는 딱 아이들 손바닥만 한 크기의 싸구려 플라스틱으로 만들어진 팽이였지만, 뾰족한 팽이심과 역삼각형으로 곧게 뻗어 있는 자태를 뽐내는 플라스틱 팽이는 땅바닥에 패댁질할 때마다 쩍쩍 소리를 내면서 갈라지는 고무팽이와는 비교조차 할 수 없을 정도로 단단했다. 신나게 돌아가는 팽이의 현란한 몸동작에 아이들은 금세 빠져들기 시작했고, 얼마 지나지 않아 너나 할 것 없이 팽이를 갖고 다니기 시작했다. 형형색색, 각양각색의 색깔을 가진 팽이들은 곧 무지개 빛깔을 뽐내며 온 교실을 헤집고 돌아다녔다. 누군가의 표현에 의하면 흡사 우주선과 비슷한 모양새를 지니고 있기도 했다. 이제 겨우 아홉 살 인생을 살고 있는 녀석들이 어디서 500원짜리 팽이처럼 생긴 우주선을 보기야 했겠으며 그깟 값싼 싸구려 플라스틱 팽이의 조악함이 우주선의 정밀함을 따라가겠느냐마는, 쉬는 시간 종이 울리자마자 열댓개의 팽이가 뒤엉켜 뱅글뱅글 돌아가는 싸구려 팽이의 뽐새를 보면 마냥 웃고 넘길 일만도 아닌 것 같았다.

팽이가 돌아가는 모양새를 설명하자면 이러하다.

우선 팽이를 살 때 같이 주는 줄 끝을 고리 형태로 묶는 게 첫 번째였다. 그리고 샤프 꼭지에 달려 있는, 지우개로서의 기능이라기보다는 샤프심이 흘러내리는 것을 막아주는 용도로 쓰이기에 더 알맞은 '샤프심 흘러내림 방지용 작은 지우개'보다 아주 약간 더 큰 대가리가 팽이 위에 톡 튀어나와 있는데, 고리 형태로 묶여진 줄을 팽이 대가리에 걸고 팽이 심 주변으로 나 있는 무늬를 따라 줄을 돌려 묶은 뒤, 힘차게 날리면서 줄을 당겨주면 엄청난 가속도를 뽐내며 팽그르르 돌아갔다. 쉬는 시간만 되면 형형색색의 팽이들이 복도와 교실 뒤편에서 신나게 돌아다녔다.

무슨 일이든지 익숙해지기 전에는 수많은 도전과 실패가 있기 마련이다. 팽이 돌리기도 그러했다. 힘차게 날리는 순간 줄이 풀린 팽이가 벽으로 날아가서 벽을 두들기기 일쑤였다. 쥐고 있던 줄을 놓치는 바람에 대가리에 줄이 묶인 채로 창문 밖으로 날아간 팽이도 있었다. 놀란 아이들이 부리나케 뛰어나가 보니 화단에 심어 놓은 꽃들과 나란히 꽂혀서 조신하게 자세를 잡고 있던 팽이도 있었다. 그렇다 보니 그해 2학년 교실 벽은 온통 팽이 심이 내다 꽂힌 흔적으로 가득했다.
하지만 아이들은 금세 팽이에 익숙해졌다. 갖가지 묘기를 부리며 팽이놀이를 하는 아이들이 있는가 하면, 서로 다른 색상의 팽이들을 종류별로 사 모으는 아이들도 여럿 있었다. 얼마 지나지 않아 뱅글뱅글 돌아가는 팽이로 아이들은 작은 전쟁을 시작했다. 팽이싸움이었다. 팽이싸움이 시작된 이후로 누가 더 크고 힘 있는 팽이로 게임에서 승리하는지가 아이들의 주된 관심사가 되었다.

처음에는 단순히 양손에 줄을 쥐고 팽팽하게 당긴 뒤, 돌아가고 있는 팽이를 밀어서 상대방의 팽이를 부딪혀서 쓰러지게 하는 게 팽이 싸움의 시작이었다. 시간이 지나자 다양한 전술들이 등장하기 시작했다. 겹잡은 줄로 돌아가는 팽이를 위로 들어올린 채 상대방의 팽이로 내리꽂게 하는 로켓 드랍, 느슨하게 줄을 오므려서 팽이를 껴안는 듯 하다가 순식간에 강하게 당겨서 일격을 가하는 썬더 스매싱, 돌아가는 팽이를 줄로 두어 번 휘휘 감은 채 순식간에 위로 줄을 당겨서 공중으로 띄운 뒤 내리꽂는 스카이 펀치가 그랬다. 심지어 처음에는 플라스틱 팽이였다가, 나중에는 무쇠로 만든 무쇠 팽이를 들고 나타난 녀석들도 있었다. 작고 단단한 무쇠 팽이는 전투에서의 승리를 위하여 양 옆에 돌기까지 장착되어 있었다. 가볍고 조악한 플라스틱 팽이가 무쇠 팽이의 상대가 될 리 만무했다. 플라스틱 팽이보다 족히 두세 배는 더 무거운 무쇠팽이에 부딪힌 플라스틱 팽이는 '태댕댕' 하는 경쾌한 소리를 내며 저 멀리 휙 날아가 버렸다.

조악하긴 해도, 나름의 전술로 승리를 거머쥐는 녀석들도 간혹 있긴 했다. 말이 좋아 전술이지, 딱히 대단한 기술이랄 것까지는 없었다. 무쇠 팽이를 피해서 요리조리 도망다니는 게 전술이었다. 그러다 뱅글뱅글 돌던 무쇠 팽이가 어느새 힘이 빠져서 비틀거릴 때까지 기다리다가 앞서 설명한 방법을 사용해서 일격으로 쓰러트려 버리는 경우였는데, 그마저도 강하게 한방 먹였을 때나 가능했다. 지우개 따먹기가 유행하면서 팽이의 인기도 시들시들해졌지만, 그 손바닥만 한 팽이가 지난 1년 동안 이루어놓은 업적은 실로 대단했다. 수많은 아이들 손에 땀을 쥐게 하는 박진감과 무한 경쟁심리, 패배의 쓰라림, 승리의 희열을 심어주었던 것을 생각하면 지금도 은재는 온몸에 소름이 돋는 듯했다.

아이들 사이의 유행이란 것이 대개 그렇듯이, 여름방학이 지나고 2학기가 시작하자 팽이에 대한 아이들의 관심도 식어가는 여름의 열기처럼 급속도로 식어 버렸다. 하늘 아래 영원한 것이 없고, 아이들도 자라난다. 언제까지나 팽이치기가 유행일 수는 없었다. 2학기가 시작되면서 새롭게 시작한 유행은 지우개 따먹기였다.

지우개 따먹기가 팽이치기보다 대단히 재밌거나 훌륭한 놀이였던 것은 아니었다. 그저 어느 순간 유행한 놀이였을 뿐이었고, 아이들도 그 유행에 맞추어서 지우개 따먹기를 했을 뿐이었다. 굳이 한 가지 이유를 덧붙이자면, 팽이치기는 쇠팽이를 네댓 개나 가지고 있는 아이들의 등장으로 인해 어느 정도 승패가 결정날 수밖에 없는 게임이라는 사실이었다. 허구헌 날 500원짜리 플라스틱 팽이나 돌려야 하는 아이들은 매번 패할 수밖에 없었고, 심지어 500원짜리 팽이조차도 살 수 없어서 매번 뚱하니 아랫입술을 내밀고 구경만 하던 아이들은 팽이놀이를 하는 아이들을 시기질투하는 눈빛으로 바라보기 일쑤였던 탓에,

자연스럽게 팽이 치는 재미가 사라져버리고 만 것이었다.

　그에 비하면 지우개따먹기는 양반이었다. 팽이치기가 상대 팽이를 넘어뜨려야 승리하는 게임이었다면, 지우개 따먹기는 3점을 먼저 내는 쪽이 승리하는 구조였다. 점수내기라는 것에 대단한 규칙이 있는 것도 아니었다. 손가락으로 지우개를 움직여서 상대방 지우개에 내 지우개를 살짝 걸치거나 위에 올라타면 1점이었다. 엎치락뒤치락하다가 3점을 먼저 내면 이기는 게임이었기에, 지우개가 크던 작던 아무 상관 없었다. 마지막에 살아남은 녀석이 승자가 되는 팽이치기와 달리 지우개 따먹기는 오직 일대일로만 진행되었고, 3판 2승제가 일반적이었다. 결과적으로 이기는 녀석이 모든 지우개를 다 가지는 승자독식 구조다 보니, 어떤 지우개를 꺼내봐도 아무 상관이 없었다.

　은재는 지우개 따먹기를 꽤 잘했다. 어린아이 새끼손가락만 한 지우개로 열서너 개의 지우개를 모조리 따낸 적도 있었다. 특별한 기술이란 건 없었다. 그저 손목의 유연한 놀림을 적절히 활용했을 뿐인데, 희안하게 다른 지우개들은 은재의 지우개 앞에서 희뜩희뜩 넘어가기 일쑤였다.

　-은재 잡아, 은재! 은재부터 잡으라고!
　-아, 또 은재가 다 땄어.

승부욕 강한 은재에게 있어서 팽이치기는 그저 그런 놀이였다. 재미가 없는 건 아니었다. 아빠가 주는 용돈으로 플라스틱 고무팽이 정도는 살 수 있었다. 그렇다고 해서 순수하게 쇳덩이로만 만들어진 쇠팽이를 매번 이길 수는 없었다. 아무리 대단한 기술을 갖다 붙여도 번번히 쇠팽이에 부딪혀서 매가리 없이 쓰러지기 일쑤였다. 쇠팽이는 5천 원이었다. 고무팽이 10개에 버금가는 돈을 주고 쇠팽이를 살 수는 없었다. 용돈을 모아서 사려고 해도, 그만한 돈을 투자하기엔 아깝다는 기분이 들었다. 2학기가 시작되면서 아이들이 지우개 따먹기를 시작할 때쯤, 은재는 제일 먼저 문구사로 달려갔다.

은재는 지우개 따먹기에 푹 빠졌다. 문구사에서 200원을 주고 산 작은 지우개로 지우개 따먹기를 시작했다. 그렇게 은재의 주머니에 굴러 들어온 지우개만 해도 10개가 넘었다. 팽이치기에 비하면 한참 수월했다. 지우개 따먹기만 잘해도 왕이 될 수 있을 거라는 생각도 했다.

-나는 우리 반에서 제일 가는 지우개 따먹기 선수가 될 거야.

인간이란 얼마나 승리에 목마른 존재인가? 어린아이들이라고 해서 마냥 즐거움과 평화만 있으리란 법은 없다. 작고 가냘픈, 호리호리한 손목으로 슬쩍 건드려서 상대방 지우개에 걸치거나 휙 올려놓는 기술만으로도 충분히 상대를 제압할 수 있는 게 지우개 따먹기의 묘미였다. 아이들의 푸념과 원성이 교실 전체에 넘쳐흐를 때쯤이면, 은재의 주머니는 이미 지우개로 두둑해졌다. 주머니에 두둑해져 가는 지우개보다 은재의 마음을 풍성하게 만들어주는 것은 없었다. 그만큼 은재의 마음도 우쭐해졌다. 수업 시간에 주머니 속 지우개를 만지작거리다가 눈이 마주친 담임 선생님에게 지우개를 모두 압수당하기 전까지만 해도, 은재는 하루하루 왕이 된 기분으로 괴롭기만 한 학교생활을 재미있게 할 수 있었다.

고무팽이에서 지우개로 연결된 아이들의 놀이 문화는 새학기가 시작되면서 또다시 새로운 국면으로 접어들었다. 이번에는 딱지치기가 슬슬 아이들 눈에 들어오기 시작했다.

누가 딱지치기를 유행시켰는지는 모르겠다. 신문지를 단단하게 접어서 패대기치던 녀석들이 간간이 교실 뒤편에 보이던 것을 생각하면 분명 대단치 않은 시작이었던 것은 분명하다. 그러다 한 명, 두 명 지우개 따먹기에서 딱지치기로 넘어가기 시작했다. 고작 몇백 원짜리 지우개로 지우개 따먹기를 시작하긴 했으나, 하필 그때를 놓치지 않고 손바닥만 한 대왕지우개가 나오는 바람에 더 이상 호리호리한 손목 힘만으로 승패를 가릴 수 없는 지경에까지 이르렀다는 게 아이들이 지우개 따먹기를 향해 변심할 수밖에 없었던 이유였다. 안 그래도 손재주가 안 좋아서 매번 지우개 따먹기에서 지는 바람에 필통 속 지우개를 몽땅 잃어버린 녀석들은, 어디선가 떡하니 나타난 대왕지우개의 등장으로 지우개 따먹기라는 놀이에 완전히 학을 떼버린 모양이었다.

　우선 5천 원이나 하는 대왕지우개는, 쇠팽이가 팽이계를 단박에 평정했던 것처럼 상대할 만한 경쟁 대상이 없었다. 일단 대왕지우개가 등장하면 아이들은 당연히 질 것을 미리 감안하고 지우개 따먹기에 임해야 했다. 그저 재미로, 교실 뒷바닥에 아무렇게나 굴러다니는 바둑알보다 조금 더 큰 지우개로 싸움을 거는 녀석들도 있었지만 대왕지우개에게 경쟁상대가 될 리 없었다. 모든 아이들이 넋놓고 가만히 있었던 건 아니었다. 자존심 센 몇몇 녀석들은 그런 대왕지우개의 독주를 막기 위해 안간힘을 쓰기도 했다. 대왕지우개를 이겨 먹겠다고 제집 화장실에서 걸레 빨 때 쓰던 빨랫비누를 들고 와서 대왕지우개에게 결투 신청을 하던 녀석도 있었고, 책상과 침대 밑에 뒹굴던 지우개들을 풀과 본드로 붙여서 만든 손바닥만 한 지우개로 따먹기를 하던 녀석도 있었다. 이처럼 눈물 없이는 볼 수 없는 지독한 노력 끝에 엎치락뒤치락하다가 겨우 대왕지우개를 딴 녀석도 있었는데, 이후 대왕지우개보다 더 큰 초대왕지우개가 나온 뒤로는 대다수 아이들이 지우개 따먹기에 완전히 흥미를 잃어버렸다.

　딱지치기가 유행하게 된 이유도 단순한 유행의 흐름 때문만은 아니었다. 쇠팽이의 등장으로 더 이상 승패의 우열을 가릴 수 없게 된 아이들이 팽이치기 자체에 흥미를 잃어버렸던 것처럼, 대왕지우개의 등장, 그보다 더 큰 초대왕지우개의 등장으로 승자독식 구조의 놀이 자체가 지루하게 느껴졌을 것이다. 고작 몇백 원짜리 지우개라고 하더라도 따기는커녕 매번 잃기만 하는 지우개 따먹기는 하루 용돈으로 500원 받는 아이들에게 실망감만 안겨주는 놀이에 불과했다. 그에 비해 딱지치기는 돈이 들어가는 게 없었다. 아무 종이나 네모 반듯하게 자른 뒤에 예쁘게 접기만 하면 썩 괜찮은 딱지가 되었고, 그것만으로도 놀이에 참가할 수 있는 자격이 주어졌다. 개중에는 예쁘고 단단하게 잘 접는 녀석들도 있었기에 그들에게 부탁해서 전투용으로 쓸 만한 딱지를 만들기도 했다. 교과서 표지가 제법 빠닥빠닥해서 딱지치기로는 좋다는 이야기가 돌자 몇몇 녀석들은 흥미라고는 조금도 붙이지 못한 교과서의 뒷장을 뜯어내서 딱지로 접기도 했는데, 과연 바닥에 쩍쩍 소리를 내며 부닥치는 모양새가 남달랐다. 그렇게 한 명, 두 명 딱지치기를 시작하면서 제법 여러 아이들 눈에 딱지가 들어오기 시작하더니, 겨울방학을 앞둔 무렵이 되어서는 너나 할 것 없이 딱지치기에 전념하기 시작했다.

팽이치기와 지우개 따먹기를 지나 딱지치기에 이르기까지, 은재는 어느 놀이에서도 상위권을 놓쳐본 적이 없었다. 학업성취도 측면에서 은재는 분명히 '열등'했지만, 놀이에서 봤을 때 은재는 그야말로 '우등'했고, 수재에 가까웠다. 이유는 간단했다. 부끄러운 게 싫었기 때문이다.

또래 친구들 어느 누구도 외국인 엄마를 둔 은재를 판단하거나 무시하지 않았다. 입이 가벼운 동네 아줌마들처럼 '엄마 없이 자라는 녀석'이라거나, '자식 버리고 떠난 년'이라고 놀리지도 않았다. 친구들이 있기 때문에, 어떤 것도 문제가 되지 않았다. 하지만 은재는 부끄러운 게 하나 있었다. 언어였다. 어눌한 발음, 조악한 어학 수준, 또래친구들과 비교해 봤을 때 분명히 다른 피부색과 눈망울은 은재에게 감추고 싶은 부끄러움이었다. 팽이치기와 지우개 따먹기는 놀이에 불과했기에, 혼신의 힘을 다해서 승리를 쟁취할 만한 가치가 있는 것은 아니었다. 그저 저학년 초등학생들이나 할 만한 재미있는 놀이였다. 하지만 어느 누구도 은재의 마음에 승리를 향한 염원이 강하게 자리 잡고 있음을 알지 못했다. 공부에서 두각을 나타낼 수 없다면, 어떤 부분에서든지 자신이 시시한 부류의 꼬마 녀석이 아니라는 것을 주변에 알려야 했다. 하다못해 놀이에서만큼이라도 우위를 점해야만 자신의 존재감을 강하게 드러낼 수 있을 거라고 생각했기 때문이었다.

은재는 자신이 다른 친구들과 다르다는 것을 분명히 알고 있었다. 굳이 피부색이나 조금은 도톰해 보이는 입술, 웬지 모르게 부자연스럽고 어눌한 언어 때문만은 아니었다. 주변 친구들과 선생님들은 은재의 다른 점에 대해 그다지 신경 쓰지도 않았고 관심도 없었지만, 그 외 어른들의 시선은 그렇지 않았다. 철부지 어린 꼬마 녀석을 바라보는 자상함, 따뜻함이 아닌 유심히 관찰하는 듯한 눈빛이었음을, 은재는 직감적으로 알 수 있었다. 그들의 불편한 눈빛, 수군거림, 혀를 차는 듯한 입꼬리의 모양새가 은재의 마음에 미세한 상처를 남기기 시작했고, 불편한 감정을 느끼게 했다. 자신이 친구들과 다르다는 사실을 인식한 순간도 그때부터였을 것이다. 이후로 은재는 자신을 바라보는 어른들의 눈치를 살피기 시작했다. 그게 누구였는지와는 상관없이.

-아가 왜 저레 야비었노?
-음식이 안 맞는 모양이제. 저거 엄마가 외국인이라 카데. 필리핀인가 베트남인가, 하이튼 동남아 어디서 왔다 카더라고.
-언니야 그런 게 어딨노, 요새 애들이 다 잘 먹지.
-니가 야볏다 카이 그카는기제.
-아이 참, 언니가 그니깐 자가 기죽는다 아이가.

학교로 가는 길에 마주친 동네 아줌마들의 수군거림이 은재는 싫었다. '조용해라, 자 듣겠다' 하는 소리가 속삭이는 모양새로 들리는 걸로 봐서 은재가 들으라고 하는 소리가 아닌 것은 확실해 보였다. 그러나 그 소리는 은재의 마음에 깊이 박혀서 빠져나가지 않았고, 꽤 오랫동안 마음에 상처로 남았다. 언제까지 이런 소리를 들어야 할까. 왜 엄마는 우릴 버리고 간 걸까. 애써 자신의 손을 잡아 끄는 수진이를 따라 학교로 가면서도 울적해져 오는 마음을 가리기 위해 애써 못 들은 척해야 했다.

국어책 읽기가 익숙하지 않은 은재에게 공부는 힘들기만 한 그 무엇이었다. 그렇다 보니 공부라고는 일단 뒷전으로 미뤄놓고 볼 일이었다. 선생님의 질문에 손 들고 대답하는 아이들을 멀뚱멀뚱 바라보는 것만큼 힘든 것도 없었다. 다른 아이들처럼 국어책 읽기가 유창하지 못하다 보니 수업을 따라가는 것도 벅찼다. 때로는 그런 자신의 처지가 딱하게 느껴졌고, 마치 세상에 홀로 남은 외톨이가 된 듯한 기분을 느끼곤 했다. 그런 은재에게 팽이치기, 지우개 따먹기는 유일한 즐거움이기도 했다. 딱딱하고 복잡한 수학 공식이 필요한 것도 아니었고, 대단한 규칙이 필요한 것도 아니었다. 적당한 규율만 있으면 되는 놀이에 언어가 무슨 소용이며, 친구 관계가 무슨 소용인가.

딱지치기도 마찬가지였다. 어떤 놀이든지 1등을 해야 직성이 풀리던 은재에게 딱지치기도 넘어야 할 산이었다. 다행히 일단 시작했다 하면 승리는 은재 편이었다. 은재에게 승패는 어쩌면 이미 결정된 결과였는지도 모른다. 경로당에 다녀오신 할머니와 늦은 저녁밥을 먹기 전까지 거실 바닥에서 신나게 패대기질을 해가며 연구한 게 딱지치기였고, 밥상 위에 지우개를 두 개 올려놓고 혼자서 뒤집기를 해가며 연습한 것이 지우개 따먹기였다. 지우개 따먹기와 팽이놀이는 은재에게 이기지 않으면 안 되는 어떤 것이었다. 반드시 이겨야 했고, 그래서 아이들의 부러운 시선을 한 몸에 받아야 하는 부류의 놀이였던 것이다. 그렇다 보니 누구든지 은재와 맞붙기 위해서는 애시당초 이길 생각은

접고 시작해야 했다. 지우개 따먹기든, 팽이치기든, 일단 붙었다 하면 십중팔구 승리의 여신은 은재의 손을 들어주었기 때문이다. 은재는 질투와 부러움이 담긴 아이들의 시선을 은근히 즐겼다. 대단할 것 없어 보이는 그런 게임을 통해서라도, 은재는 자신이 결코 다른 친구들에 비해 부족한 녀석이 아니라는 것을 보여 주고 싶었다.

그러나 학교에 도착한 뒤 가방을 열어본 순간, 은재의 얼굴은 하얗게 질려버리고 말았다. 가방에는 대왕딱지가 없었다. 책과 필통도 그대로 있었고, 지퍼를 열어본 흔적도 없었다. 분명히 수진이 손을 잡고 학교에 왔는데, 딱지만 없어졌다.

'분명히 어제 챙겼는데, 어디 갔지?'

새학기가 시작된다는 즐거움도 잠시, 은재의 마음은 바빠지기 시작했다. 혹시나 다른 주머니에 있는지 조회시간 직전까지 뒤져봤지만 찾을 수 없었다.

  -야, 김은재 빨리 나와! 너 뭐해!
  -어, 지금 갈게!

운동장으로 뛰어나가면서도 은재의 머릿속은 딱지 생각밖에 없었다. 그러다 문득, 가방을 꾸리던 은재에게 다가와 가방을 뒤적거리던 소연이가 은재의 가방에서 딱지를 꺼내 들고 여기저기 돌아다니던 모습이 떠올랐다. 뺏어서 가방에 넣을까, 하다가 이내 마음을 접었다. 곧 잘 가지고 놀던 장난감도 새로운 장난감이 나타나면 금세 내버려 둔 채 그리로 관심을 옮기는 것을 알고 있었기 때문이었다. 덕분에 딱지를 갖고 놀던 소연이가 조용히 잠들 때까지 설거지와 집정리를 할 수 있었다. 그리고 바닥에 아무렇게나 던져진 그 대왕딱지를 가방에 넣지 않고 흘깃 바라본 뒤 잠이 들었던 것까지 기억이 났다.

'내일 아침에 챙기면 되겠지.'

그리고는 딱지 따위는 까맣게 잊어버린 채 수진이의 손을 잡고 학교에 온 것이었다.

얄궂다.
아무 종이나 찢어서 접으면 되는 그런 딱지 나부랭이였지만, 유행의 흐름을 용케도 찾아낸 업자들이 휘황찬란한 고무딱지를 만들어서 아이들이 만들어놓은 유행의 기류에 올라탄 건 확실히 놀랄 만한 일이었다. 아이나 어른이나 늘 재밌고, 새롭고, 신기한 것을 쫓아가기 마련이다. 장소를 가리지 않고 내리꽂히는 바람에 온 사방에 찍힌 구멍을 만들어놓는 팽이나, 수업 시간에도 선생님 몰래 튕구는 바람에 교탁 위로 날아가서 선생님 교과서 위에 떡하니 올라앉은 지우개나 아이들의 간담을 서늘하게 하기는 매한가지였다. 마음 놓고 놀기엔 저마다 조금씩은 위험부담이 있었다.

딱지치기라고 해서 위험부담이 전연 없다고는 할 수 없었겠지만, 아무래도 패대기칠 때마다 땍땍거리는 소리가 나는 딱지치기를 수업시간에 하는 애들은 없기 때문에 문제가 될 건 없었다. 한 가지 문제가 있다면, 업자들이 문방구마다 갖다 놓은 고무딱지는 팽이나 지우개보다 가격이 훨씬 더 비싸다는 점이었다. 쇠팽이는 쇠로 만들어졌으니 5천 원에 팔렸고, 대왕지우개도 대왕이라는 이름에 걸맞게 크고 묵직했으니 5,000원에 팔렸다 치더라도, 3천 원씩이나 주고 사야 하는 고무딱지는 아무리 생각해봐도 가격이 너무했다. 넙데데한 고무 판떼기에 아이들이 좋아하는 다크레인저로봇의 방패와 썬더맨 가면 그림이 화려하게 그려져 있는 건 사실이었다. 하지만 아이들 손바닥 크기만 한 고무딱지가 그렇게 비쌀 이유가 없는데, 아무리 생각해봐도 비겁한 상술이라고밖에 할 수 없었다. 좌우지간 딱지치기가 아이들 사이에서 팽이치기나 지우개 따먹기만큼 유행이 된 것은 겨울방학이 시작하기 불과 얼마전이었던 걸 감안해 보면, 겨울방학 기간 동안 아이들이 모르는 어떤 일들이 일어나고 있었던 것은 분명해 보였다. 방학이 끝날 무렵, 아이들 손에는 저마다 고무딱지가 하나씩 들려있었던 것도 아마 그런 이유였을 것이다.

고무딱지는 종류만큼이나 이름도 다양했다. 다크레인저아머 딱지, 썬더맨 슈퍼마스크 딱지, 울트라갤럭시 딱지 등등 수도 없이 많았다. 그중에서도 은재가 가지고 있는 딱지는 나이트메어&더블옥스 대왕딱지였다. 거무튀튀하고 음침한 분위기의 망토를 두르고 있는 해골 뒤로 두 개의 도끼문양이 새겨진 그 딱지는 수많은 딱지 중에서도 단연 빛났다.

은재가 알고 고른 건 아니었다. 퇴근길에 아빠가 사오신 딱지가 하필 나이트메어&더블옥스 대왕딱지였는데, 굳이 하나 남은 딱지를 사온다고 사오신 게 그 딱지였다. 솔직히 썩 마음에 드는 건 아니었다. 더 멋지고 화려한 딱지들도 있었을 텐데, 굳이 해골이 그려진 딱지를 사오셔야 했을까. 하지만 학교에 들고 가서 꺼내는 순간 아이들은 일제히 몰려들여서 은재의 나이트메어&더블옥스 대왕딱지를 바라보며 환호성을 질러댔다.

-와! 김은재 뭔데! 마지막 남은 거 샀나!
-이거 나도 살려고 갔는데 없던데. 와 진짜 무섭게 생겼다.
-진짜 크다. 한방에 가겠네.

은재는 어깨를 으쓱하며 이야기했다.

-어제 아빠가 사오셨어.

아빠가 사오신 대왕딱지는 은재의 가장 큰 자랑거리였다. 어른 손바닥만 한 대왕딱지는 그야말로 천하무적이었다. 어떤 딱지라도 은재의 나이트메어&더블옥스 대왕딱지 한방이면 모두 힘없이 팍팍 뒤집어졌다. 다른 아이들의 딱지는 은재 앞에서 아무 힘을 발휘하지 못했다. 대왕 딱지는 은재가 아이들에게 큰소리칠 수 있는 유일한 자랑거리였다.

8천 원짜리 대왕딱지는 아이들이 받는 용돈으로는 어림도 없었다. 핫도그, 쫀드기 튀김, 떡볶이, 닭꼬치를 포기하고 꼬박 보름 정도는 용돈을 모아야 겨우 살 수 있는 고급 딱지였다. 그에 비하면 고무팽이나 지우개는 양반이었다. 그렇다고 종이딱지만 두들기고 있을 순 없는 노릇이었다. 등굣길에 너나 할 것 없이 고무딱지를 쥐고 옹기종기 오는 걸 보니 엄마를 졸라 기어코 고무딱지를 사들고 오는 모양이었다. 아이들이 들고 다니는 고무딱지가 3,000원이었던 것에 비하면, 크기도 훨씬 크고 두껍기도 한 대왕딱지는 세 배 가까이 비싼 셈이었다.

대왕딱지를 가진 친구들은 또래 중에서 아무도 없었다. 문구점에 들를 때마다 은재와 아이들은 자신들의 손바닥 크기보다 더 큰 대왕딱지를 만지작거리다가 아이들을 잡으러 문방구까지 쫓아온 선생님에게 붙들려서 교실로 들어가곤 했다. 그만큼 인기 있는 딱지였다. 저 딱지만 있으면 다른 모든 딱지를 다 딸 수 있을 텐데, 하는 아쉬움이 남았다. 그 대왕딱지를, 아빠가 사오신 거였다.

은재를 앉혀놓고 두런두런 이야기하시던 아버지께서 술에 취해 쓰러지듯 누우셨을 때, 귓가에 대고 "아빠, 저 대왕딱지 갖고 싶어요." 하고 이야기한 게 벌써 일주일 전이었다. 큰 기대를 하고 이야기한 건 아니었지만, 은재의 예상과는 달리 아버지는 들릴 듯 말 듯한 목소리로 대답하셨다.

-다음 주에 사줄게.

은재는 아빠가 좋았다. 아빠는 절대 안 된다고 하는 법이 없었다. 은재가 뭐라고 하던지 아빠의 대답은 한결같았다.

-그래, 알겠다.

언젠가 퇴근해서 집에 오신 아빠 손에는 도넛 한 상자가 들려 있었다. 며칠 전 주말에 만화주인공이 먹던 도넛을 보고 '우와, 맛있겠다' 한마디 한 것이 전부였는데, 비슷한 도넛을 아빠가 사오신 거였다. 아빠는 내가 하는 말을 항상 귀 기울여 듣는 분이구나, 하고 은재는 생각했다. 언어로 감정을 표현하는 것이 어른들에 비해서 다소 서투른 어린 은재가 자신의 그런 솔직한 감정을 아빠에게 설명하는 건 어려운 일이었기에 아빠가 사오신 도넛을 맛있게 먹는 것으로 만족해야 했지만, 은재에게 아빠는 어떤 존재라는 것을 분명히 느끼게 한 경험이었다.

대왕딱지도 그랬다. 아빠의 귓가에 대고 "대왕딱지가 갖고 싶어요."라고 말할 때 은재의 마음에는 어떤 부담도, 두려움도 없었다. 아빠가 야단을 친다거나 눈물이 쏙 빠질 정도로 회초리를 들 거라는 걱정은 전혀 하지 않았다. 다만 가격이 문제였다. 하나에 8천 원이나 하는 대왕딱지는 아무리 생각해봐도 비싼 장난감이었다. 그렇다 보니 차마 아빠에게 딱지 이야기를 꺼내는 것이 어린 은재로서는 쉽지 않은 일로 느껴졌다. 두 눈 질끈 감고 대왕딱지를 사주십사, 하고 말부터 꺼내고 나면 결과야 어찌 되었건 속이라도 후련하건만, 차마 입이 떨어지지 않아서 아빠 주위만 맴돌았다. 그 대왕딱지가 어찌나 갖고 싶었던지, 심지어 꿈에까지 나온 적도 있었다. 아무리 꿈일지라도 간절한 마음으로 대왕딱지를 꼭 쥐고 있으면 꿈이 현실로 연결되어 '꿈에서 본 그 대왕딱지가 실제로 손에 쥐어지는 게 아닐까' 싶은 생각이 들어서 대왕딱지를 꼭 쥐었는데, 잠에서 깨어보니 냄비 뚜껑을 쥐고 있었다. 옆에는 아무렇게나 굴러다니는 술병과 소주잔이 있었고, 그 너머 주무시고 계시는 아빠의 헝클어진 머리카락이 보였다. 그게 벌써 일주일 전이라니.

좌우지간 그런 과정을 통해서 떡하니 생긴 나이트메어&더블옥스 대왕딱지는 팽이치기, 지우개 따먹기에 이어 은재에게 남아 있는 유일한 자랑거리였다. 마침 찬욱이 녀석과 딱지치기를 하기로 약속한 날이 오늘이었다. 수진이가 보는 앞에서 찬욱이 녀석을 멋지게 골려줄 생각을 하면서 잠자리에 들었는데, 하필 오늘 그 대왕딱지를 안 갖고 온 것이다. 하릴없이 지루한 하루를 보낼 생각을 하니 저도 모르게 한숨이 나왔다.

-아, 재미없어.

가만히 서서 눈만 굴리던 은재가 한마디 툭 내뱉았다.

-쉿! 은재야, 들리겠어.

수진이는 은재를 향해 낮은 목소리로 다그쳤다. 주변 녀석들도 멍하니 서서 앞만 바라보고 있다가 은재가 던진 한마디에 킥킥 웃어댔다.

만화영화에 나오는 문어처럼 생긴 대머리 교장선생님은 대머리를 감추기 위해 얼마 남아있지도 않은 옆머리를 머리 위로 씌우고 다녔다. 얼기설기 엮은 머리의 모양새가 마치 문어에 붙은 감태나 바싹 마른 꼬시래기처럼 보였다. '까맣게 색칠하면 될 텐데…' 하고 은재는 속으로 생각했다. 과연 은재다운 생각이었다. 열정적으로 훈화 말씀을 전하는 교장선생님 머리에 기어 올라가서 반짝반짝 빛나는 부분을 골라 매직으로 새카맣게 칠하는 자신의 모습을 상상하다 보니 가만히 서서 눈알만 굴리는 시간도 조금은 버틸만했다.

교장선생님은 아이들을 싫어하는 것 같았다. 복도에서 인사를 해도 모른 체하고 지나가는 교장선생님의 늘 굳어 있는 얼굴 표정은 아이들에게 있어서 공포의 대상이기까지 했다. 저 멀리서 대머리 교장선생님이 지나가면 대부분의 아이들이 오던 길로 되돌아갔다.

다른 선생님들도 마찬가지였다. 교감선생님도, 체육선생님도, 담임선생님들도 아이들을 별로 좋아하는 것 같지 않았다. 우리는 그저 어린아이들일 뿐인데, 왜 어른들은 어린아이들인 우리를 이해하려고 노력하지 않고 그저 귀찮은 존재로만 생각하는 걸까. 은재는 궁금했지만 묻지 않았다. 일단 겁도 났지만, 그런 질문을 받아줄 선생님도 당연히 없을 것이고, 무엇보다 듣지 않을 게 뻔했기 때문이다. 어른들의 세계는 이해할 수 없는 것들투성이라고 생각하는 것이 편했다. 최근에 있었던 불쾌한 경험이 은재의 그런 생각을 더욱 단단하게 굳혀 주었다.

언젠가 축구를 하다 넘어져서 무릎을 다친 현욱이를 데리고 교무실을 찾아간 적이 있었다. 대머리 교장선생님과 교감선생님, 그리고 체육선생님이 계셨다. 이런 상황이 다소 익숙한 체육선생님이 현욱이의 무릎에 흐르는 피를 닦고 약을 바르는 동안, 멀찌감치 서서 쳐다보던 교감선생님이 뒷짐을 지고 다가왔다.

-뭔데, 뭐?
-무릎이 좀 까졌는데 괜찮을 겁니다.

-자식들이 적당히 뛰놀지, 뭘 또…

뒷짐을 지고 혀를 끌끌 차던 교감선생님은 가만히 서서 이 상황을 지켜보던 은재를 쳐다보고 말했다.

-니는 뭔데?
-저, 보호자요.

산소호흡기를 쓰고 누워계시던 할아버지, 그 할아버지 곁에서 계속 죄송하다고 속삭이던 아빠가 언젠가 병원 안내데스크에서 '보호자'라는 표현을 쓰는 걸 들은 적이 있었다. 그래서 아픈 사람을 지키고 보호하는 사람이 보호자라고만 생각했지, 정확히 무슨 뜻인지도 몰랐다. 은재의 말을 들은 교감선생님은 피식 웃더니 대뜸 화를 내기 시작했다.

-이 새끼 미친 놈 아니야? 니가 얘 보호자야? 별 희안한 놈 다 보겠네. 나가, 이 새끼야!

언젠가 은재를 무릎에 앉혀놓고 조근조근 이야기하던 아빠의 목소리가 생각났다.

-선생님들이라고 해서 항상 옳은 건 아니야. 실수할 수도 있고, 잘못할 수도 있어. 선생님들도 인간이거든. 그렇다고 해서 은재가 선생님

들을 미워하거나 싫어하지는 않았으면 좋겠어. 선생님들도 나름대로 어려움이 있을 거야. 학생들도 가르쳐야 되지, 수업준비도 해야 되지, 공부도 해야 되지, 해야 할 일들이 무척 많으셔. 또 결혼한 선생님들은 우리 아들이나 소연이처럼 예쁜 아가들도 봐야 되거든. 은재가 살면서 만나는 어려움이나 힘든 일들을 선생님들도 똑같이 겪었을 거고, 또 지금도 겪고 있을지도 몰라. 은재가 선생님들을 이해할 수 있는 마음을 가지고 재밌게 학교에 다닐 수 있다면, 아빠는 정말 행복할 것 같은데.

아빠의 말이 은재의 마음에 남아 있었던 걸까. 아니, 그것보다는 힘의 논리에 의해서였다고 보는 게 옳을 것 같다. 그는 교감선생님이다. 학생들은 모두 그의 말에 복종해야 하고, 그의 말에 따라야 한다. 그게 교감선생님이고, 교장선생님이지 않은가. 은재는 따지지도, 화를 내지도 못했다. 그저 조용히, 한껏 어색하고 민망한 표정으로 교무실 밖을 나오는 게 옳은 도리라고 생각했다. 드르륵. 문이 닫히는 순간에도 '저거 완전히 미친놈이네.' 하고 중얼거리는 교감선생님의 목소리와, '아가 철이 없어서 그렇지요.' 하고 대꾸하는 체육 선생님의 목소리가 은재의 귀에 또렷이 들려왔다. 반짝이는 눈물이 은재의 눈에 맺혔지만, 곁을 지나가는 어느 교사도 은재의 눈물에 대해 신경 쓰지 않았다.

은재는 아빠를 존경했다. 적어도 은재가 보기에 아빠의 말은 틀린 게 없었고, 은재의 마음을 따뜻하게 감싸안아주기까지 했다. 반면에 아침 조회시간마다 전해지는 대머리 교장선생님의 훈화는 지루하기

41

짝이 없었고, 아빠에게서 느껴지는 온기나 포근한 감정이라고는 전혀 느껴지지 않았다. 왜 선생님이라는 사람들은 어른인데도 불구하고 아이들의 감정은 하나도 생각하지 않는 것일까.

'어른이 어른답지 않다면, 그 어른의 말은 틀린 것이다. 교장선생님이 쉼없이 떠들어대는 저 훈화라는 것도 사실 아무 의미 없는 말일 것이다.'

은재는 속으로 생각했다. 가만히 서서 아무런 의미 없는 말을 듣고 있는 것도 점점 지겨워졌다. 모래가 파스락거리는 느낌이 발끝에서 느껴졌고, 햇볕에 목 뒷덜미가 더워짐을 느꼈다. 은재는 고개를 숙인 채 연신 발가락 끝으로 발아래의 모래를 건들면서 발가락에 닿는 모래의 숫자를 세었다.

세상엔 얼마나 많은 모래알이 있을까?
모래알이 더 많을까, 사람이 더 많을까?
그 사람들은 모두 엄마가 있을까?
엄마만 있는 사람이 더 많을까, 아빠만 있는 사람이 더 많을까?
그 사람들도 우리 아빠처럼 술을 마시고 들어올까?
그 사람들도 우리 아빠처럼 술을 마시고 눈물을 흘릴까?

옆에 검은 그림자가 다가오는 것도 모른 채 혼자 골똘히 생각하던 은재는 팔뚝이 강하게 꼬집히는 느낌에 번뜩 고개를 들었다. 낮고 엄숙한, 애정이라고는 조금도 찾아볼 수 없는 낮은 목소리가 은재의 귀에 들려왔다.

-똑바로 서라.

김효숙 선생님이었다. 은재는 얼얼한 팔뚝을 문지르면서 가만히 정면을 바라보았다.

-앞에 봐. 뭔 생각하고 있어, 지금?

참새가 쩍쩍.

-정신 차리고 똑바로 서.
-네.

참새가 쩍쩍.

김효숙 선생님의 별명은 참새였다. 뚱뚱한 참새처럼 생겼다고 해서 애들이 붙인 별명이었다. 아니, 어쩌면 훨씬 이전부터 불리우던 그의 별명이었는지도 모르겠다. 은재는 속으로 퍽 잘 어울리는 별명이라고 생각했다. 작은 눈이 더 작아 보이는 안경을 쓰고 다니는 이 선생님은, 또래 친구들이 제일 무서워하는 옆 반 담임선생님이었다. 혹시라도 복도에서 마주치기라도 할까봐 아이들은 저 멀리서 김효숙 선생님을 마주치면 도망다니기 바빴다.

쳇.

김효숙 선생님의 거만한 태도, 따분하고 지루한 이야기만 하고 있는 교장선생님, 손가락질하며 혀를 끌끌 차던 교감선생님의 얼굴이 생각나 은재는 속으로 코웃음을 쳤다. 길 가다가 마주치는 사람 중에서 아무나 붙들고 이야기하더라도 교장선생님의 훈화보다는 낫겠다는 생각이 불쑥 들었다. 문득 '우리 아빠도 저런 이야기 자주 하는데…' 하는 생각이 은재의 마음을 파고들었다.

은재가 지금보다 더 어렸을 때 일이다.
초등학교에 막 입학한 해였던가. 깊은 어둠이 내릴 때면, 아빠는 자는 은재를 흔들어 깨웠다. 그리고 눈을 비비고 일어난 은재를 앉혀두고 오래오래 이야기를 하셨다. 그런 날엔 아빠에게서 짙은 술냄새와 담배냄새가 났다. 아빠도 교장선생님처럼 재미없고 지루한 훈화를 했고, 은재가 이해할 수 없는 이야기들도 쉼없이 이어나갔다. 하지만 아빠의 이야기는 싫지 않다. 졸음을 못이겨 아빠의 무릎을 베고 눕기도 하고, 어린 아기처럼 아빠의 품에 안겨 응석을 부리며 듣기도 했다. 아빠가 하시던 이야기들도 분명 교장선생님의 훈화 말씀과 비슷했지만, 뭔가 조금은 다른 느낌이었다.

-남자는 말이야. 항상 번듯하게 양복 입고, 넥타이 메고, 구두도 신고, 그렇게 다녀야 돼. 그래야 사람들이 무시하지 않아. 은재도 열심히 공부 안 하면 나중에 아빠처럼 가난하게 살게 된단다.
-아빠처럼 가난한 게 뭐예요?

아빠는 잠시 머뭇거리는 듯하더니 이내 입을 열었다.

-돈이 없는 걸 가난하다고 하는 거야.
-돈? 아빠 돈 없어?
-그래, 아들. 아빠가 돈이 없어. 그래서 엄마도 멀리멀리 간 거야.

은재는 가만히 아빠의 눈을 바라보았다.

-엄마는, 소연이랑 은재가 밉거나 싫어서 떠난 게 아니야. 엄마는 아빠 때문에 떠난 거야.
-왜?
-아빠도 은재처럼 어릴 때 꿈이 있었거든. 이것도 해보고 싶고, 저것도 해보고 싶고, 그렇게 하고 싶은 것이 많이 있었어. 근데 아빠가 어른이 되어 보니까, 아빠가 하고 싶어 했던 것들, 그러니까 아빠가 정말

해보고 싶었고 되고 싶었던 그 꿈들이, 가족을 먹여 살리고 지키는 일을 하는 데 있어서 별로 도움이 안 된다는 것을 알게 되었거든. 아, 남자는 돈을 벌어야 하는 거구나. 돈이 없으면 결국 가정을 지킬 수 없는 거구나. 엄마가 아빠랑, 은재랑, 소연이를 두고 멀리멀리 떠나고 나니까, 그제서야 아빠가 그게 보이더라구.

-근데 아빠, 나는 아빠 있는데.

아빠의 눈동자가 잠시 흔들렸다는 것을, 어린 은재도 느낄 수 있었다. 은재는 아빠의 다리를 베개 삼아 누워서 아빠의 얼굴을 가만히 바라보았다. 아빠는 다시 조용히, 예전의 자상한 목소리로 은재에게 조근조근 설명해 주었다.

-그래 아들. 아빠가 아들한테 실수한 것 같네. 아빠가 다시 생각해보니까, 가난하다는 거, 그게 꼭 돈이 없다는 것만 의미하는 건 아닌 것 같아. 아빠가 아무리 어렵고 힘들어도, 은재랑 소연이가 맛있는 거 먹고 싶다고 하면 사줄 수 있는 돈 정도는 항상 가지고 있거든.

아빠는 잠시 눈을 감고 무엇인가 생각하는 듯했다. 입을 굳게 다문 채, 가만히 생각하는 아빠의 턱에 작은 주름이 생겼다. 그 턱주름과 수염을 은재는 가만히 문질렀다. 까끌까끌한 아빠의 턱수염이 은재의 손가락 끝을 간지럽혔다. 잠시 후 눈을 뜬 아빠는 은재의 얼굴을 바라보고 조용히 이야기했다.

-음, 가난하다는 건 말이야. 이런 게 아닌가 싶어. 세상이 나에게 어떤 기회도 주지 않는다고 생각하면서 시간을 헛되이 낭비한 사람이, 나이가 들어서야 비로소 세상이 기회를 주지 않은 게 아니라 내가 기회를 잡을 만한 능력과 볼 만한 눈이 없었다는 것을 깨달은 순간을 이야기하는 게 아닌가 싶어. 그때 비로소, 그 사람은 자신이 얼마나 가난하게 살았는지를 발견하게 되는 거지.

은재의 얼굴을 바라보며 이야기하는 아빠의 목소리는 떨리고 있었고, 눈에는 반짝거리는 눈물이 맺혀 있었다.

-그 기회라는 게 돈이 될 수도 있고, 가족이 될 수도 있고, 아내가 될 수도 있고, 남편이 될 수도 있는 거였어. 아빠는 엄마가 없으니, 아주 큰 기회를 잃어버린 셈이야. 그래서 아빠가 은재랑 소연이에게 너무너무 미안해. 아빠가 부족해서 엄마가 멀리멀리, 저 멀리멀리 가버린 거야.

곰곰이 생각하던 은재는 아빠를 바라보며 말했다.

-음, 근데 나는 아빠 좋은데.
-왜? 은재는 아빠가 왜 좋아?
-아빠한테서 나는 냄새가 좋아서.
-냄새? 아빠한테 무슨 냄새나?
-응. 흙냄새.

아빠는 은재를 꼭 안아주었다. 은재는 아빠의 품이 무척이나 따뜻하다고 느꼈다. 그런 은재를 안고 있는 아빠의 품이 작게 떨리는 듯했다.

　-가난하다는 건 말이야. 세상이 나에게 어떤 기회도 주지 않는다고 생각하면서 시간을 헛되이 낭비한 사람이, 나이가 들어서야 비로소 세상이 기회를 주지 않은 게 아니라 내가 기회를 잡을 만한 능력과 볼 만한 눈이 없었다는 것을 깨달은 순간을 이야기하는 게 아닌가 싶어. 그때 비로소, 그 사람은 자신이 얼마나 가난하게 살았는지를 발견하게 되는 거지.

　은재의 머릿속에는 아빠가 습관처럼 말씀하시던 이야기가 계속해서 맴돌았다. 대머리 교장선생님의 훈화는 오랫동안 끝나지 않았다.

02

만남

학교생활은 재미 없었다. 교과서를 읽고 이해하거나, 진도에 맞춰서 공부해야 하는 과정이 결코 쉽지 않았다. 수진이의 도움을 받는 것도, 찬욱이나 병수가 적어 놓은 받아쓰기 숙제를 보고 따라 적는 것도 한계가 있었다. 친구들에게는 당연한 받아쓰기와 국어책 읽기조차도 은재에게는 넘어야 할 벽처럼 느껴졌다. 그 벽이 너무나 크고 견고해서 은재는 숨이 막힐 것만 같았다. 그나마 친구들과 함께하는 팽이치기와 지우개 따먹기가 있었으니 망정이지, 그마저 없었더라면 어떻게 학교 생활을 했을지 모를 일이었다. 그러고 보면 학교는 은재로 하여금 자그마한 용기와 자존심마저 모두 빼앗아버리는 폭군 역할을 톡톡히 하고 있는 셈이었다. 얼른 지옥 같은 하루가 무사히 지나가기만을, 은재는 바라고 또 바랐다.

3학년이 되어도 크게 달라진 건 없었다. 2-1반 교실에서 3-4반 교실로 옮겨왔고 친구들만 조금 달라졌을 뿐, 그 외에는 모든 게 똑같았다. 새학기가 시작된다는 기쁨도 잠시, 어제나 별반 달라질 것 없는 하루하루를 또다시 보내야 한다는 생각에 은재의 마음은 침울해져만 갔다.

은재는 슬쩍 수진이를 쳐다봤다. 밝은 성격에 예쁘고 착하기까지 한 수진이를 은재는 좋아했고, 수진이도 그런 은재를 좋아했다. 수진이는 짝이 된 여자애랑 이야기를 나누고 있었다. 낯이 익은 얼굴이었다. 밝고 활발한 수진이에 비해, 가만히 수진이의 눈을 바라보며 조용히 고개만 끄덕이는 여자아이의 모습이 무척 대조적이었다. 여자애들은 금방 친해지는구나, 생각하며 선생님을 기다렸다. 어떤 선생님이 들어오실까, 내심 기대가 되었다.

새로운 선생님이 몇 분 오셨다는 이야기는 들었다. 새학기에 들떠 있는 아이들은 저마다 어디선가 주워들은 정보들을 가감없이 내뱉기 시작했다. 젊고 예쁜 여선생님이 오신다더라, 무서운 체육선생님이 오신다더라, 누구는 벌써 복도에서 시끄럽게 떠들다가 눈물이 쏙 빠지도록 혼이 났다더라 등등 얽히고 설킨 후담거리들이 여기저기서 쏟아져 나왔지만, 대부분 정확하지 않은 정보들이었다. 아이들은 조바심에 안달이 났다. 저마다 마음 한가득 궁금증을 안고 목이 빠지도록 선생님만을 기다리고 있었다. 아이들도 알고 있었다. 선생님이 어떤 분인가에 따라 1년간의 학급 분위기가 크게 달라질 수 있다는 것을.

그때였다.
드르륵.
문이 열렸다.

남자 선생님이었다.

여학생들의 탄성소리와 남학생들의 실망소리가 절묘하게 얽혀서 들렸고, 그런 목소리를 의식이라도 한 듯 선생님은 어리둥절한 표정으로 아이들에게 첫 질문을 던졌다.

-어? 내가 교실을 잘못 들어왔나?
-아니요!

아이들은 일제히 소리쳤고, 선생님은 슬며시 웃으며 다시 되물었다.

-그럼, 방금 그 소리는 내가 이 교실에 담임으로 온 것이 마음에 들었다는 기쁨의 표현이겠지?
-네!

장난기 가득한 선생님의 말투에 아이들은 키득키득거리며 일제히 소리쳤다. 뭔가 즐거운 일이 생길 것만 같은, 밝은 웃음소리였다.

예쁜 여자선생님이면 좋았을 텐데, 하는 아쉬움이 듦과 동시에 은재는 웬지 모를 안도감이 마음을 에워싸는 것을 느꼈다. 김효숙 선생님처럼 깐깐하고 무서운 선생님이 담임으로 왔다면 어땠을까, 하는 생각이 문득 들었기 때문이다. 은재는 가만히 앉아서 새로 오신 선생님의 얼굴을 바라보았다. 젊고 잘생긴, 반면에 얼굴에 장난기가 가득한 선생님은 아무 말 없이 아이들의 얼굴을 둘러보고 있었다. 금방이라도 웃음이 터질 듯한, 살짝 미소를 머금은 얼굴이었다. 아이들의 얼굴을 둘러보던 선생님과 눈이 마주치자, 선생님이 은재를 빤히 쳐다봤다. 선생님의 장난기 가득한 표정을 본 은재는 웃음이 터지려는 것을 억지로 참았다. 그러자 은재를 빤히 쳐다보던 선생님이 깜짝 놀란 듯 입을 열었다.

　-야, 너!
　-네?
　-너 이름 뭐야?
　-김은재요.
　-앞으로 나와봐.

조용하던 교실이 쥐죽은 듯 조용해졌다. 아이들 모두 긴장한 듯 보였다. 책상에 연필로 이름을 쓰고 있었다는 이유로 김효숙 선생님에게 출석부로 머리를 열 대나 맞았다는 찬욱이 생각이 났다. 은재의 머릿속이 새하얘졌다. 혹시 억지로 웃음을 참고 있었던 것을 보신 걸까? 선생님이 우스워서 그런 건 아니었는데, 기분이 나쁘셨던 걸까? 아니면 무슨 실수라도 했던 걸까? 앞으로 걸어나가는 동안 온갖 생각이 들었다. 어린 영혼을 가진 새들은 모두 저마다의 작은 새소리를 갖고 있다. 은재의 마음에 작은 날개를 펴고 있는 하늘빛 새가 작고 반짝이는 눈으로 선생님을 바라보고 있었다.

　은재가 앞으로 나가자, 선생님은 은재의 눈높이까지 자세를 낮췄다. 그리고 은재의 눈을 정면으로 바라보며 심각한 목소리로 이야기했다.

　-야, 너 어쩜 이렇게 잘생겼냐?

　자리에 앉아 있던 아이들이 키득키득거리며 웃음을 참고 있었다. 선생님은 은재의 얼굴 여기저기를 뜯어보더니 비장한 말투로 이야기했다.

　-은재야. 난 있잖아. 살면서 너처럼 잘생긴 녀석을 본 적이 없어. 넌 오늘부터 이름을 좀 바꿔야겠다.
　-이름이요? 어떻게요?
　-잘생김은재. 어때?

　순간 키득키득거리며 웃음을 참고 있던 아이들이 일제히 큰 소리로 웃기 시작했다. 책상을 치며 웃는 아이, 까르르 숨이 넘어갈 듯 웃어대는 아이, 그런 분위기가 어색한지 박수를 치면서 어색한 웃음을 짓는 아이. 은재와 선생님을 바라보던 아이들의 마음에 부드러운 무지개가 떠오르는 듯했다.

　이윽고 선생님은 은재의 어깨에 손을 얹고 아이들에게 이야기했다.

-자, 오늘부터 이 친구 이름은 잘생김은재다. 자 따라해 봐, 잘생김은재.

-잘생김은재!

-그렇지. 이제 이 친구는 잘생김은재야. 절대 앞에 잘생김을 빼놓고 부르면 안 돼. 알겠지?

-네!

약속이라도 한 듯, 아이들이 큰 소리로 대답했다.

수업종이 마칠 때까지, 선생님은 아이들을 하나하나 호명하며 새로운 이름을 불러주었다. 예슬이는 아름다운 예슬사, 석준이는 두뇌명석준, 연지는 연지공주. 새로운 이름이 지어진 아이들은 쑥스러운 듯, 그러나 싫지 않은 표정으로 자신의 이름을 외웠다. 작은 입술로 자신의 이름을 외우는 아이들의 미소가 따뜻한 공기를 만들었다. 어느덧 아이들의 이름에 꽃이 피었다.

새로 부임한 교사 최준식은 확실히 남다른 면이 있었다. 독신주의자임에도 페미니즘을 강력하게 옹호하는 페미니스트였던 그는, '모든 인간은 언어와 피부색만 다를 뿐, 누구든지 동등한 가치가 있는 인격체로 성장해야 한다'는 저만의 가치관이 있었다. 그는 어떤 학생도 편애하지 않았다. 가정 형편이 어려운 학생이든, 다문화가정 학생이든, 편부모 슬하에서 자라난 학생이든 마찬가지였다. 학생들을 대할 때 그 어떤 교사보다 따뜻하고 친절하게 아이들을 대했고, 훌륭한 유머감각으로 아이들의 마음을 포근하게 감싸안으며 지혜롭게 가르칠 줄 알았다. 아이들은 모두 그의 그런 성품을 좋아했고, 편안하게 대했다. 심지어 이른 학년임에도 불구하고 일찍 탈선한 일부 학생들도 준식에게만큼은 마음을 열고 그의 말을 귀 기울여 들을 줄 알았다.

무엇보다 항상 두꺼운 책을 들고 다니며 공부하는 그의 모습에서 교사를 비롯한 대부분의 아이들은 보이지 않는 신뢰의 힘이 어떠한 것인지 그를 통해 정확히 알게 되었는데, 앞서 이야기했듯이 그는 절대로 손에서 책을 놓는 법이 없었다. 게다가 해박한 지식뿐만 아니라 아이들에게 꼭 필요한 예화와 재미있는 도구들을 늘 구비하고 있던 덕분에 교실은 늘 밝고 유쾌한 분위기를 유지할 수 있었다. 무엇보다 아이들의 마음을 하나하나 세밀하게 살펴보면서 저마다 다른 방향으로 지도해 주었기에 부임한 지 얼마 지나지 않아 대부분의 아이들이 놀랍도록 수업에 집중하는 모습을 보여 주었다.

그에게 있어서 숙제를 해오지 않은 아이나, 수업 시간에 짝꿍이랑 장난을 치는 아이들은 전혀 문제가 되지 않았다. 숙제를 해오지 않은 아이들은 해오지 못했을 저만의 사정이 있었을 것이고, 짝꿍과 장난을 치는 아이들은, 우연히 그의 눈에 들어온 경우가 아니라면, 공부, 즉 새로운 무엇인가를 배운다는 행위 자체에 흥미를 가질 만한 경험을 해 보지 못한 아이일 거라 생각하며 대수롭지 않게 넘기는 식이었다. 그렇기에 그런 아이들을 꾸짖고 혼내는 일은 그에게 언급할 가치조차 없는 일이었다. 숙제를 해오지 않은 아이들은 부드러운 손길로 머리를 쓰다듬어주었고, 장난을 치는 아이들에게는 "둘 중에 누가 이겼어? 얼른 승부를 내봐." 하고 나서서 심판을 보기 일쑤였다. 간혹 졸고 있는 아이라도 발견되면 다가가 귓속말로 "이불 깔고 자야지." 하고 속삭였다.

그런 경우가 있는가 하면, 그에게는 절대 용납할 수 없는 저만의 강한 기준이 있었다. 그는 거짓말을 매우 싫어했다. 이제 겨우 10살 된 아이들은 실수나 잘못에 대해 꾸지람 듣기를 피하려는 경향이 있었는데, 저도 모르게 말을 돌리거나 거짓말을 하는 경우가 있었다. 세 번까지는 아이들의 거짓말에 자상하고 친절하게 가르쳐 주었다. '누구나 실수할 수 있고, 실수는 용서받을 수 있는 것이다.'라는 게 그가 아이들에게 항상 이야기하는 것 중 하나였다. 그러나 반복되는 거짓말이나 핑계를 용납할 정도로 호락호락하게 아이들을 대하지는 않았다. 때때로 그는 아이들로 하여금 본인이 스스로 잘못을 깨우치고 그에 대해 인정하는 마음을 가지기까지는 계속해서 질문을 던졌다. 그리고 아이들끼리 서로 왕따를 시키는 것, 서로가 서로를 차별하는 행동을 절대로 용납하지 않았다. 그런 식의 편가르기도 절대 용납하지 않았으며, 그런 행동을 주도하는 아이들이 발견되면 매우 호되게 꾸짖었다. '쟤랑 놀지 마'라던지, '걔네 집 가난하대'라는 식의 말도 그에게는 절대로 들려서는 안 되는 말들이었다.

　언젠가 4학년 2반에 있는 수현이가 한 학년 선배인 5학년 1반의 진수에게 배를 맞아서 울고 있는 것을 발견한 그는 즉시 진수의 어머니에게 전화를 걸어 자초지종을 이야기했다. 그리고 '이번 일로 징계위원회를 열고 진수가 본인의 행동에 엄중하게 책임질 수 있는 활동을 학교 차원에서 하게 될 것이며, 다음 번에도 이런 일이 발생할 경우에는 가장 높은 단계의 징계를 내릴 수밖에 없을 것'임을 이야기했다. 다음날 진수 어머니와 아버지가 학교 교무실에 찾아와 교사의 자질 운운하며 고래고래 소리를 질러댔으나, 최준식은 눈 하나 깜짝하지 않았다.

　－저는 이번 사태를 두고 두 분과 좋게 좋게 넘어가고 싶은 생각이 전혀 없습니다. 담임선생님이 두 분께 몇 번이나 연락을 드렸다고 하시던데, 그럼 평소 진수가 얼마나 아이들을 많이 괴롭혀왔고, 아이들이 그로 인해서 어려움을 호소하는지도 두 분이 잘 알고 계실 겁니다. 담임선생님이 몇 번이나 주의를 줬는데 전혀 고쳐지지 않았다고 하더군요. 그렇다면 방법은 한 가지밖에 없습니다. 전학 처리를 하는 거죠. 물론 저희가 할 수 있는 가장 마지막 방법입니다. 아니요, 잠시만요. 제 이야기는 아직 끝나지 않았습니다. 마저 들으세요, 마저 들으세요. 저는 교사라는 권위를 이용해서 학생들의 우위에 서고 싶은 생각도 없고, 부모님에게 교사의 우월함을 자랑하고 싶은 생각도 없습니다. 교사는 학생을 가르치는 사람이지, 학생의 우위에 서는 사람은 아니니까요. 그러나 지금 두 분의 행동은 어디까지나 교권 침해에 해당합니다.

그리고 진수의 행동은 엄연히 학교폭력입니다. 제가 진수한테 수현이라는 학생을 왜 때렸느냐 물어봤더니, 자기 친구를 괴롭히지 말라고 한 말에 화가 나서 때렸답니다. 그 친구가 집안 형편이 조금 안 좋았던 모양입니다. 그래서 '쟤는 흙수저다, 개근거지다' 하고 놀리고, 또 '임대거지'라 놀리기도 하고, 뭐 그랬다더군요. 아직 어린 애들이다 보니 그런 말이 얼마나 상대방의 부모님을 모욕하고 흉을 보는 행위인지는 생각하지 않습니다. 저도 이해합니다. 가정에서 충분한 교육이 이루어진다면 충분히 막을 수 있는 부분이라고 생각합니다. 그러나, 그런 행위가 잘못된 행위라고 이야기하고 말리는 학생을 때리는 건 굉장히 잘못된 겁니다. 이건 엄연한 학교폭력입니다.

기가 차다는 표정으로 준식의 얼굴을 바라보는 학부모의 표정에도 준식은 아랑곳하지 않고 이야기를 이어갔다.

-이번 사례와 같은 학교폭력의 원인은 다양합니다만, 주로 가정에서 크고 작은 어려움을 겪는 친구들이 잠재된 스트레스를 풀기 위해서 학교에서 문제를 일으키는 경우를 제가 자주 봐 왔습니다. 섣불리 두 분의 가정교육에 대해 왈가왈부하고자 하는 건 아닙니다. 다만 두 분이 진수의 문제에 대해 더 잘 인지하고 계시리라 생각됩니다. 제가 이 학교에 온 이상, 저희 학교에서는 절대로 학교폭력은 발생해선 안 됩니다. 가정에서 가르칠 수 없는 교육은 학교에서도 가르칠 수 없다고 저는 생각합니다. 정말 진수를 위하신다면, 이번 사태를 두고 학교에 찾아오셔서 소리치셔야 할 게 아니라 진지하게 진수의 교육을 두고 고민해보셔야 한다고 저는 생각합니다.

거만하고 차가운 눈빛으로 한참 동안 준식을 위아래로 훑어보다가 결국에는 들릴 듯 말 듯한 욕설을 저희들끼리 내뱉으며 뒤도 돌아보지 않고 사라져버린 학부모의 태도에서 준식은 진수가 삐뚤게 행동할 수밖에 없는 아이로 자라나게 된 이유를 조금은 알 것 같았지만, 진수의 마음을 상하지 않게 하기 위해서라도 섣부른 판단은 내리지 않기로 했다. 진수는 어디까지나 어린아이였다. 그 녀석도 어디까지나 지혜롭지 못한 부모 밑에서 배운, 조악하고 하잘것없는 가정교육의 희생자일 뿐이라는 생각에서였다. 그간의 잘못된 행실과 더불어 이번 일을 통해서 징계위원회를 통한 징계를 피할 수는 없겠지만, 기껏해야 이틀간 화장실 청소를 하고, 반성문만 두어 장 적는 데 불과할 것이다. 그렇다면 화장실 청소를 마치고 나오는 진수에게 주어지는 것은 매 시간마다 준식이 준비한 아이스크림과 과자 꾸러미일 것이다.

겸손하고 친절한 그였지만, 정의 앞에서 그는 때때로 외로워 보였다. 설령 상대방이 자신보다 훨씬 직급이 높은 부장교사나 교육감이라고 할지라도 핏대를 올려가며 자신의 주장을 관철시켰다. 그가 이야기하는 정의는 분명 옳았으나, 때때로 그를 위험한 상황에까지 내몰게 만들었다. 교육자들의 조직 사이에서 그의 태도는 불온해 보였기에, 그런 그를 불편하게 바라보는 시선도 분명히 있었다. 그렇다 보니 본인의 의도와는 다르게 상대 교사들로 하여금 눈살을 찌푸리게 하는 경우도 종종 있었고, 이는 곧 교사들의 입도마 위에 올랐다.

교사들의 입김을 모르는 바 아니었다. 수초처럼 연약하고 부드러운 영혼을 가진 학생들을 올바른 길로 인도하는 것 자체에 행복을 느껴서 교사가 된 사람도 있었고, 배우고 가르치는 행위 자체에 즐거움을 느껴서 교사가 된 사람도 있었다. 그러나 단지 벌어먹기 위해서, 익숙함에서 벗어나는 게 싫어서, 갈 곳이 없어서 교육계라는 조직에 오랫동안 버티고 서 있는 사람들의 흐트러진 그림자를 그는 종종 봐왔다.

스승의 날에 학생들이 준비해 준 편지와 꽃다발을, 학생들이 보는 앞에서 지근지근 짓밟은 교사도 있었다. '평소에는 말도 안 듣는 것들이 스승의 날이라고 꽃다발과 편지를 준비했다'는 게 그 이유였다. 찢어진 편지와 꽃잎이 떨어진 꽃다발처럼 아이들의 마음도 갈갈이 찢어졌다. 그런 사람도 시간이 지나 부장교사가 되었고, 교감이 되었다.

　－이번에 박사학위도 받았다고 하더라고요.

누군가를 통해 들은 이야기였다.

주먹과 발길질에 맞은 눈두덩이가 시퍼렇게 멍이 들다 못해 심하게 부어서 화장으로도 가려지지 않은 얼굴로 학교에 출근한 40대 여교사에 대한 이야기는 유명했다. 그 여교사의 남편은 인근 고등학교에서 실력 있는 영어교사로 알려진 인물이었다. 강한 살기와 타인을 향한 모욕이 눈빛과 얼굴에 가득 채워져 있던 그는 아무리 생각해봐도 영어교사라고 느껴지지 않을 정도로 날카롭고 불쾌한 인상이었다. 다른 중학교 여학생과 부적절한 성관계를 맺은 것이 들통나는 바람에 교직을 박탈당한 젊은 수학교사도 있었다. 그들은 모두 교사였다. 직책도 달랐고, 나이도 달랐고, 전공도 달랐다. 누구는 부장교사였고, 누구는 영어교사였다. 교감, 교장도 있었다. 한 가지 공통점이 있다면, 그들에게서는 모두 출처를 알 수 없는 비릿하고 역한 냄새가 났다. 화장을 하고, 진한 향수를 쓰고, 옷매무새를 갖춰 입어도 마찬가지였다.

그는 그 냄새가 썩어들어가는 교권의 냄새라는 것을 어느 순간 직시했다. 불의와 싸우지 않고 타협하려는 자세, 학생들을 위한 교육보다는 안정적인 수입원에만 눈이 먼 자세, 더 이상 배움을 위한 배움에 착념하지 않는 교사들이 마치 죽은 송장처럼 느껴졌다. 그들은 교권 침해를 이야기하고 있고 교권 붕괴를 이야기하고 있지만, 사실은 스스로의 내부가 붕괴되고 있음을 모르고 주변 상황에만 휘둘리고 있는 것이었다.

준식도 겉으로는 아무렇지 않은 척했지만, 교육계에서 발생하는 문제들을 모르는 바 아니었다. 처음에 그는 곯을 대로 곯아 있고, 썩어빠질 대로 썩은 교사들을 가만히 바라보는 수밖에 달리 방법이 없다고 느꼈다. 힘없고 연약한 일개 교사가 할 수 있는 거라고는 그저 교권 붕

괴로 인한 불똥이 자신에게 튀지 않기를 고대하는 것이 전부였다. 그렇다 보니 준식이 교사들을 향해 품는 생각도 늘 한결같았다.

저 사람은 교사의 자격이 없어.

저런, 또 엉뚱한 사람이 교사가 되었군.

그게 준식이 할 수 있는 최선의 방법이었다. 젊고 힘 없는 일개 교사가 할 수 있는 건 별로 없다고 믿었다. 그러다 어느 순간 깨달았다. 썩은 살을 도려내지 않으면 언젠가는 교권 전체가 흔들리거나 붕괴될 수 있다는 것을.

 같은 목표를 향해 가는 배 위에서 정확한 목표 없이 표류하다 보면 언젠가는 빙산을 만나 배가 좌초되거나, 거센 파도가 넘실거리는 바다 밑으로 끝없이 침몰돼 버리기 마련이다. 목표뿐이랴. 저마다 딴소리를 지껄이는 뱃사공이 제아무리 저마다 좌현, 우현, 상현, 하현을 외치고 앉아 있어도 앞전의 꼴이 날 게 뻔하다. 세상 이치라는 게 그렇지 않은가. 그는 교육계에 만연한 문제점들을 잘 알고 있었다. 교사들은 교권 침해를 주장하지만, 결국 교사들 내면은 평생 변화하지 않을 것임도 직감적으로 알고 있었다. 저들은 절대 변하지 않는다. 바뀐 교육과정에 따라 교과서만 공부하면 정년이 올 때까지 변화 같은 걸 생각해볼 필요가 없는 게 저들이다. 세상이 바뀌고, 전에 없던 혁신적인 리더가 살아갈 방향을 모색하고, 그에 맞물려 새로운 시대가 창조되더라도, 한평생 자기 밥줄만 쥐고 앉아 있는 교사들은 평생 변화 같은 건

꿈도 꿔보지 못한 채 교과서만 뒤적거리다가 노년에 은퇴하게 될 것이다. 비단 교사들만의 문제는 아니었다. 어느 조직이든 혁신적인 리더는 나오기 마련이고, 뒤를 잇는 것은 일반적인 사고에 만족하는 부류다. 생각이 거기까지 미치자 그는 자신이 몸담은 이 교실이, 학교가, 교육계가 어떻게 될 것인지가 눈에 빤하게 보였다.

변화가 필요하다는 걸 느꼈고, 변화해야 한다고 생각했지만, 무엇부터 해야 할지 전혀 감이 오지 않았다. 그렇다고 계란으로 바위를 깰 수는 없는 노릇이다. 점점 침잠해 들어가는 교육계 전체를 변화시키려는 것은 일개 초등학교 교사에 불과한 그에게는 무모한 도전일 뿐만 아니라, 그만한 힘과 능력도 없었다. 그가 할 수 있는 것은 어디까지나 교실에 국한돼 있었다. 아이들과 함께 숨 쉬고, 떠들고, 새로운 세계를 발견해 나가는 그 교실만이 준식의 세계였다. 그는 자신의 내면을 변화시키는 데 집중하기로 마음먹었다.

03

꽃

　엄마는 은재가 어떤 이야기를 해도 잘 들어주었다. 엄마는 은재가 재잘거리며 이야기하는 것을 가만히 듣는 것을 좋아했다. 은재가 이야기하는 도중에 무엇인가를 가르치려 한다거나, 윽박지르며 야단을 친 적이 은재의 기억에는 한 번도 없었다. 항상 은재의 눈을 바라보며 은재의 이야기를 들어주었다. 엄마가 은재의 이야기에 귀를 기울이고, 조용히 들어준다는 것은 은재에게 가장 큰 기쁨이자 자랑거리였다. 잘 들어주는 것은 아빠도 마찬가지였다. 다만 소연이가 엄마보다 아빠의 품을 더 좋아했던 것처럼, 엄마의 귀에 대고 조근조근 속삭이며 이야기하는 것을 은재는 좋아했다. 엄마는 은재가 어떤 상황에서든지 스스로 답을 찾도록 이끌어주곤 했지만, 긴 대화를 이어나갈 수는 없었다. 그런 생각을 하게 된 것은 엄마와 줄곧 나누던 질문과 대화에서였다. 엄마에 대해 은재가 갖고 있는 기억은 짤막한 토막 기억들밖에 없었지만, 그 중에서도 한 가지 기억나는 게 있다면 질문에 대한 엄마의 대답이었다.

　-엄마, 징그럽다는 게 뭐야?

-몰라.

-엄마, 미끄럽다는 게 뭐야?

-몰라.

-엄마, 그럼 간지럽다는 게 뭐야?

-몰라.

엄마는 모든 것을 모른다고만 대답했다. 은재가 하는 이야기를 잘 들어주기는 했지만, 은재가 묻는 질문에 제대로 대답해 주는 경우는 별로 없었다. 엄마가 은재와 소연이를 사랑하지 않는다고 생각한 적은 없었다. 엄마는 자상했고, 따뜻한 가슴을 지녔다. 그럼에도 은재의 묻는 말에 적당히 대답해 주지 못하는 엄마를 볼 때마다 볼강스럽게 행동하고픈 치기 어린 마음이 들곤 했다.

왜 엄마는 이런 것도 가르쳐주지 못할까? 아빠는 잘 알려주던데. 엄마는 다 모른대.

문득 엄마가 밉다는 생각도 들었지만, 엄마의 피부색과 말투가 유치원에서 만난 친구들의 엄마와는 사뭇 다르다는 걸 인지할 때쯤 되어서야 은재도 엄마를 조금씩 이해할 수 있게 되었다. 아무도 5살 꼬마아이의 내면에서 변화하고 있는 마음의 흐름을 이해할 순 없었지만, 은재는 엄마를 미워하는 대신 더 많은 이야기를 엄마에게 들려주되, 아빠에게는 더 많은 것을 물어야겠다고 생각하게 되었다.

아빠는 척척박사였다. 모르는 게 없었다. 뿐만 아니라 은재가 묻는 말에 모른다고 이야기한 적이 한 번도 없었다. 물론 아빠가 모든 것을 아는 사람은 아니었을 것이다. 어쩌면 아빠는 은재의 질문에 대한 답을 모른다거나, 잘 이해하지 못하는 부분에 대해서는 항상 이런 식으로 대답해왔던 것인지도 모르겠다.

　-아빠랑 같이 어떤 의미인지 찾아볼까?

　은재를 무릎에 앉혀놓고 백과사전을 뒤적거리는 아빠의 모습은 결코 낯설게 느껴지지 않았다. 두껍고 묵직한 백과사전 종이의 사각거리는 소리, 흘리는 소리 없이 조곤조곤하고 또박또박 발음하던 아빠의 목소리는 은재의 마음을 풍성하게 만들어주는 즐거움이었다. '여기에 보니까 이런 뜻이라고 되어 있네.' 하고 설명해주던 아빠의 목소리가 은재의 볼과 정수리 위에서 울리던 느낌은 생생하게 은재의 마음에 심겨져 있었다.

　-아빠, 징그럽다는 게 뭐예요?
　-징그럽다는 건 이런 거야. 예를 들어서 무섭진 않은데 못 만지는 거 있지? 무섭진 않은데 못 만지는 게 어떤 거야?
　-음, 개구리가 무섭진 않은데 못 만지겠어요.
　-그럴 때, 징그러워서 못 만지는 거라고 하는 거야.
　-그럼 뱀도 징그러운 거야?
　-그렇지. 뱀도 징그러울 수 있지. 우리 아들, 뱀이 무섭진 않은가 보네.

-응, 무섭진 않아. 그럼, 두꺼비도 징그러워?

-그렇지. 두꺼비도 징그럽다고 할 수 있지.

-그럼 유치원 선생님들도 징그러워요?

-선생님들? 선생님들은 왜?

-선생님들도 무섭진 않은데 못 만지잖아.

아빠는 은재가 던진 의외의 질문에 당황한 듯 너털웃음을 터트렸다. 잠시 곰곰이 생각한 아빠는 은재가 이해할 수 있을 만한 대답을 내놓았다.

-징그럽다는 건, 대부분 살아있는 생명체에 쓰이는 표현이란다. 그 중에서도 곤충이나 동물, 새와 같은 종류에만 쓸 수 있거든. 은재가 조금 더 어른이 되고 나면 징그럽다는 말을 언제 쓸 수 있고, 또 언제 쓸 수 없는지 더 자세하게 알게 될 거야.

-네. 그럼 미끄럽다는 건 뭐예요?

-징그러운 건 대부분 미끄러워. 개구리, 뱀, 지렁이는 보기만 해도 징그럽고, 만지면 손에서 쑥, 빠져버리잖아. 이런 걸 미끄럽다고 해. 근데 미끄럽다는 건 살아있는 생명체가 아니라도 쓸 수 있어. 미끄럼틀을 생각해봐도 좋아. 미끄럼틀은 가만히 앉아만 있어도 밑으로 내려오잖아. 그게 미끄러워서 내려오는 거거든. 그래서 '미끄러운 틀'이라는 말에서 미끄럼틀이라는 단어가 만들어진 거야.

-그럼 간지러운 건 뭐예요?

아빠는 행동으로 보여주었다. 은재를 꼭 끌어안고 손가락으로 은재의 목 뒷덜미와 옆구리 여기저기를 간지럽혔다. 숨이 넘어갈 듯이 깔깔거리며 웃고 뒹구는 은재의 귀에다 대고 아빠는 "이런 게 간지러운 거지!" 하고 소리쳤다. 은재도 '간지럽다'는 말은 알고 있었지만, 간지러움을 태울 때마다 아빠의 사랑을 느낄 수 있었다는 것을 은재도 아빠도 알고 있었다.

아빠는 항상 은재가 알아들을 수 있도록 쉬운 단어를 사용했다. 어른의 언어를 사용하지 않았고, 은재의 눈높이에 맞춰서 이야기했다. 간혹 어려운 단어를 사용해야 할 때는 주의 깊게 발음하되, 반드시 그 단어에 대해 은재가 충분히 이해할 수 있을 만큼 설명해 주었다.

－선생님이랑 상담하고 왔는데, 은재의 학.습.능.력.이 다른 친구들보다 훨씬 뛰어나다고 하시더라. 학.습.능.력.이 무슨 말이냐면, 음, 예를 들어서 '딸기', '바나나', '토마토'라는 단어들을 들었을 때, 다른 친구들은 10번 정도는 들어야 비로소 '딸기', '바나나', '토마토'가 무엇인지 정확하게 인.지.할 수 있다면, 은재는 두 번, 혹은 세 번 정도만 들어도 그게 무엇인지 정확하게 인.지.할 수 있을 만큼 똑똑하다는 거야. 그게 학.습.능.력.이라는 거야.

그리고 아빠는 자못 진지하고 심각한 표정으로 은재를 바라보며 속삭이곤 했다.

-우리 아들, 혹시 하늘에서 내려온 천재 아닐까? 백년에 한 번쯤 나올까 말까 하다는 그 천재 말이야.

아빠는 가난하고, 인생에 찾아오는 수많은 기회를 놓쳐서 엄마가 떠났다고 이야기했다. 하지만 은재는 아빠가 무척 지혜롭다고 생각했다. 아빠의 뒷모습에서 은재는 크고 깊은 편안함을 느꼈다. 아빠가 은재를 마음 깊이 사랑하고 있으며, 언제든 은재에게 커다란 울타리가 되어줄 수 있을 거라고 생각했다. 은재는 그런 아빠가 자랑스러웠고, 자랑스러운 만큼 아빠를 사랑했다.

아빠가 은재에게 항상 이야기해주던 말이 있었다.

-아들, 혹시 그거 알아? 은재랑 소연이는 엄마 아빠의 꿈이고, 소망이고, 기쁨이고, 즐거움이고, 행복이야. 은재랑 소연이가 있어서 엄마 아빠가 행복하게 살 수 있고, 매 순간 의미 있는 시간을 보낼 수 있는 거야. 은재랑 소연이는 세상을 바꾸는 훌륭한 리더가 될 거야. 그래서 사람들에게 행복과 기쁨을 전하는 사람이 될 거야. 엄마, 아빠 곁에 와줘서 너무 고마워. 우리 아들, 사랑해.

엄마가 떠난 뒤에도 아빠의 말은 달라지지 않았다. 엄마라는 단어가 사라진 것만 제외하면. 은재와 소연이를 씻기고 양치질을 시키는 동안에도, 어두워진 방 안에 조용히 누워 머나먼 꿈나라로 떠날 채비를 하고 있는 소연이와 은재의 배를 다독거려주는 동안에도 조용히 이야기했다.

-은재랑 소연이는 아빠의 꿈이고, 행복이고, 즐거움이야. 세계 최고의 리더가 될 거고, 사람들의 마음을 행복으로 이끄는 일을 하게 될 거야.

그럴 때마다 은재와 소연이도 엄지손가락을 치켜들며 "아빠도 최고의 아빠야!" 하고 이야기하곤 했다. 아빠의 자장가와도 같은 행복한 약속을 들으며, 은재와 소연이는 매 순간 머나먼 꿈나라로 여행을 떠나곤 했다.

준식은 아이들과 즐거운 시간을 함께하며 많은 것을 보여주었다. 비단 교실에만 머무르지 않았다. 아이들과 함께 운동하고, 함께 만화책을 읽고, 야영을 다녔다. 산에서는 나무의 푸르름을, 들판에서는 코스모스와 개나리의 아름다움을, 화단에서는 꽃들의 종류와 이름말을 하나하나 자상하게 설명해주었다.

-요놈 봐봐. 요놈은 말이지, 백.일.홍.이라는 꽃인데, 백일동안 빨갛게 피어있다는 뜻이야. 어떻게 100일 동안이나 피어 있을 수 있을까, 신기하지. 아마 개량한 모양이야. 원래는 잡초였다고 하더라고.
-요거는 클레마티스라는 꽃이야. 클.레.마.티.스. 이름 예쁘지? 근데 이 꽃은 꽃말이 더 예뻐. 당신의 마음이 진실로 너무나 아름답습니다,

라는 뜻이야. 고결하다, 순결하다. 뭐 그렇게 표현하기도 하더라구.

잠깐 뭔가 생각하는 듯하던 준식은, 장난스러운 표정으로 아이들에게 속삭였다.

-꽃말이란 게 다 좋은 말이야. 꽃 보고 못생겼다고 하면 되겠어? 다 예쁘다고 그러지. 선생님은 이 꽃들보다 형진이랑, 태혁이랑, 수빈이랑, 찬혁이랑, 민서랑, 현지랑, 은주가 훨씬 더 예뻐! 너희들은 선생님의 보물들이야.

아이들에게 선생님이라고 불리우는 준식은, 은재에게 있어서 아빠랑 닮은 부분이 많았다. 아는 게 많았고, 자상했다. 확실히 선생님에게는 아이들의 마음을 포근하게 해주는 힘이 있었다. 아이들의 마음을 부드럽게 감싸안아서 따뜻하고 폭신폭신한 카스테라 같은 구름 위에 살포시 내려놓는 듯한 말투로 조근조근 이야기해주었는데, 다른 선생님들에게서 들을 수 없는, 은재의 어린 영혼으로는 어떻게 설명할 수 없는 남다른 깊이가 있었다. 은재는 그런 선생님이 좋았다. 다른 친구들도 선생님을 좋아했고, 잘 따랐다. 그런 와중에도 선생님은 유독 은재에게 더 관심을 보이는 듯 보였다. 다른 아이들은 그런 선생님의 마음을 느끼지 못했을 것이다. 오직 은재만 선생님의 관심이 은재에게 조금은, 아주 조금은 더 기울어져 있음을 본능적으로 눈치챌 수 있었다.

초등학교에 입학하던 1학년 시절만 하더라도 은재는 전교에서 유일한 다문화가정 학생이었다. 그렇다 보니 은재의 피부색을 두고 귓속말을 하는 친구들이 제법 있었다. 자신들과 다른 피부색을 가진 친구를 인정하기에는 너무나 어린아이들이었던 셈이다.

-엄마, 친구들은 얼굴이 하얀데 나는 왜 얼굴이 까매?
-아빠, 나는 왜 친구들이랑 다르게 생겼어?

엄마는 대답을 주저했고, 아빠는 평소와 다른 모습을 보였던 기억이 난다. 은재의 질문에 늘 은재가 이해할 수 있는 눈높이로 자상한 대답을 해주는 아빠였기에, 평소와 다른 아빠의 모습이 다소 어색하게 와닿았던 것이었다. 시간이 지나면서, 은재는 또래 친구들과 자신이 다르다는 걸 조금씩 인정하게 되었다. 그리고, 언제까지 그렇게 살아야할지는 모르겠지만, 타인의 곱지 않은 시선을 평생 감수하면서 살아야할지도 모른다는 생각으로 학교생활을 해나가야 했다. 흠이 될 건 전혀 없었다. 그러나 은재를 바라보는 아이들의 시선, 선생님들의 약간은 놀란 듯한 표정은 은재의 마음에 크고 작은 생채기를 냈다. 때때로은재 스스로도 감당할 수 없을 정도로 깊은 생채기를.

그런 상황이다 보니, 다른 친구들보다 은재에게 약간, 아주 약간 더기울어져 있는 듯한 선생님의 보이지 않는 관심이 은재는 부담스러우면서도 퍽 고맙게 느껴졌다. 지우개 따먹기와 딱지치기에서만큼은 다른 친구들이 결코 넘을 수 없는 벽처럼 느껴지는 은재였지만, 그 역시 어린아이 아니던가. 자신의 마음에 말로는 형언할 수 없는 아픔과 저릿한 슬픔이 있다는 것을 이해해줄 수 있는 어른은 오직 아빠밖에 없었다. 적어도 지금까지는 그랬다. 근데 그 자리에, 은재보다 은재를 더 잘 아는 선생님이 함께 자리를 잡은 것이었다. 그 선생님이 은재에게 던지는 질문과 이야기들은, 은재의 마음에 조용히 자리 잡아 예쁜 꽃을 피웠다. 어떤 질문들은 물망초 같은 꽃망울을 가졌고, 어떤 이야기들은 예쁜 장미꽃처럼 느껴졌다. 때때로 엉뚱하거나 재미있는 이야기를 할 때는 밝은 미소로 작은 손을 모으는 노란 색 개나리처럼 느껴졌고, 위로와 위안이 되는 조언을 할 때는 가을 하늘 아래 하나둘 피어있는 코스모스나 예쁜 단풍잎처럼 느껴졌다.

그 날도 그랬다. 아이들을 데리고 화단에서 꽃을 보여주며 하나하나 설명해주시던 선생님은, 은재에게 다가와 꽃에 대한 질문을 던졌다.

-은재는 꽃을 보면 어떤 생각이 들어?
-음, 예뻐요.
-그렇구나. 그럼 은재는 꽃을 설명할 수 있겠네. 어떻게 설명할 수 있을까?
-음… 노란 나비가 날아다니고, 벌도 날아다니고, 작고 예쁜 거예요.
-맞아, 그게 꽃이야. 우리 잘생김은재, 아주 똑똑하네. 그럼 아빠의 마음에 꽃을 피우게 하려면 어떻게 해야 할까?

은재는 가만히 선생님의 눈을 바라보았다. 입가에 작은 미소를 띠고 은재를 바라보는 선생님의 눈동자는 하늘의 물결을 따라 움직이는 구름처럼 맑고 투명했다. 은재는 선생님이 왜 그런 질문을 자신에게 던졌는지, 그리고 그 질문의 의도가 무엇인지 곰곰이 생각했다.

물론 선생님은 알고 있었을 것이다. 소문은 발이 없고, 특히나 덕이 되지 못할 소문은 훨씬 더 빠르게 전해지기 마련이니까. 다만 준식은 단 한 명의 아이들도 마음의 상처를 받지 않고 귀하게 성장할 수 있도록 섬세하게 마음을 조율하는 일 앞에 초점을 맞추었다. 초등학생 생기부라는 것도 어느 정도는 교사의 입김이 들어가기 마련이지만, 그런 것에 크게 연연하지 않았다. 내가 알아가는 동안 아이들은 달라질 것이고, 변화할 것이며, 생기부라는 것에도 아이들의 마음에서 피어난 행복으로 따뜻한 기운이 전달될 것이다, 라고 생각하며 준식은 스스로의 마음을 다독거려 주었다. 두근거리는 심장도 포근한 손과 작은 믿음으로 달래 주었다.

문제는 은재였다. 이혼, 그러니까, 엄마가 아빠와 할머니와 은재와 소연이의 의도와는 아무 상관 없이, 아무도 모르게 홀로 먼 나라로 도망가버린 것을 이혼이라고 설명할 수 있다면, 아빠는 이혼남이었다. 의도치 않게 혼자 남겨진 이 상황을 은재는 부끄러워했다. 준식은 은재의 마음에 아빠를 향한 부끄러운 마음이 자랑스러움으로 바뀌고, 아빠를 좀 더 이해하고 포용할 수 있을 만큼의 따뜻함이 자라나기를 고대하고 있었다. 준식이 그간의 시간을 통해 경험한 은재라면 충분히 가능한 일이었다. 은재의 마음을 깊이 들여다보면 알 수 있었다. 은재는 아빠를 부끄러워하는 게 아니라, 다만 아빠와 엄마의 상황을 이해할 수 있을 만큼 무럭무럭 자라지 못한 것일 뿐이었다.

준식은 은재의 눈을 바라보며 이야기했다.

-아빠의 마음에 꽃을 피우기 위해서 필요한 것이, 바로 지혜라고 하는 거란다. 혹시, 은재는 지혜가 무슨 말인지 알아?
-아니요.
-이 꽃들을 보면 예쁘지?
-네.
-그럼 은재는, 한 번도 꽃을 보지 못한 사람이 있다면, 그 사람한테 꽃이 어떻게 예쁜지 설명해줄 수 있겠어?
-한 번도 꽃을 못 본 사람이 있어요?
-태어날 때부터 앞을 못 본 사람들이 있지. 그분들을 맹.인. 혹은 소.경.이라고 이야기한단다.
-아…
-은재는 그분들한테 어떻게 꽃이 예쁘다고 설명해줄 수 있을까?

언젠가 아빠에게 아름다움이 무엇인지 물어본 적이 있었다. 아빠는 아빠 나름대로 정리된 대답을 해주었고, 이런 대답이 돌아왔다.

-사람이 손으로 만들 수 있는 것들 중에서는 결코 존재하지 않는 어떤 것들이란다.

그 뒤로 몇 가지 예를 들어주었지만 잊어버렸다. 친절한 마음씨, 따뜻한 눈빛 따위의 설명이었을 것이다. 은재는 오직 '인간이 손으로 만들 수 있는 것들 중에서는 결코 존재하지 않는 것들'이라는 설명을 기억하고 있었다. 무슨 뜻인지 이해해서 기억했다기보다는, 은재의 눈을 바라보면서 이야기해준 아빠의 대답이 너무나 깊게 은재의 마음에 와닿았기에, 자연스럽게 외워졌다고 해야 할까. 은재는 선생님에게 이야기했다.

-사람이 손으로 만들 수 있는 것들 중에는 없는 게 아름다운 거예요. 꽃은 그렇게 생겼어요.

선생님은 활짝 웃으며 고개를 끄덕거렸다.

-맞아. 사람이 손으로 만들 수 있는 것들 중에는 아름다운 게 없지. 은재의 마음도 그렇고, 은재의 얼굴도 그렇고, 은재의 눈도 그렇고. 아름답다는 건 손으로 만들 수 있는 게 아니야. 꽃도 그렇고. 그래서 꽃을 두고 '손으로 만들 수 없는 아름다움을 가진 어떤 것, 혹은 식물'이라고 이야기할 수 있겠네. 근데 은재는 그런 설명을 어디에서 배운 거야?
-아빠한테서요.

준식은 은재를 향해 미소 지으며 이야기했다.

-아빠가 아주 훌륭한 분이시구나. 은재는 참 좋겠다. 맞아. 은재가 설명한 것처럼 꽃은 아름다운 거지. 너무 멋진 설명이었어. 그런 걸 두고 참 지혜롭다, 지혜롭게 이야기한다, 라고 이야기를 해. 지혜롭다는 건 앞이 안 보이는 분들에게도 꽃의 아름다움과 향기를 설명해줄 수 있다는 걸 의미하거든. 은재는 마음이 지혜로 가득한, 아주 지혜로운 사람이 될 거야. 그래서 아빠가 가장 소중하게 생각하고, 가장 크게 자랑스러워하는 그런 아들이 될 거야. 어때, 생각만 해도 멋지지?
-네.

갑작스러운 칭찬에 쑥스러웠는지 은재는 아랫입술을 입 안으로 말아넣으며 혀끝으로 아랫입술을 핥았다. 어떻게든 기쁜 감정을, 저도 모르게 슬며시 지어지는 미소를 감추기 위한 습관이었다. 그런 은재의 머리를, 준식은 부드럽게 쓰다듬어 주었다.

지혜, 지혜롭다.

확실히 은재에게는 어려운 단어였다. 똑똑하다, 공부 잘한다, 이런 것과 다른 무엇이 '지혜롭다'라는 단어에 숨어 있었다. 그러나 선생님으로부터 '지혜롭다'라는 단어의 뜻을 듣게 된 그 날 이후로, 은재는 '지혜롭다'라는 말의 의미를 마음 깊이 새기게 되었다.

소연이와 은재에게는 친절하고 자상하기만 하던 아빠였지만, 엄마와 아빠가 대화를 나누는 것을 본 기억은 별로 없었다. 이른 아침 출근하실 때 한 번, 잠결에 한 번, 두 번 들려오는 아빠의 목소리만 세미한 바람소리처럼 기억에 남아 귓가에 잔잔히 울리고 있을 뿐이었다.

-갔다 오게.
-애들 자나?

그 목소리에는 높낮이가 없었다. 은재는 아빠의 목소리를 들을 때마다 언젠가 학교 운동장에 떨어져 있던 마른 가을 낙엽과, 그 낙엽이 마지막까지 힘없이 매달려 있던 메마른 가지를 떠올렸다. 아빠의 말투 어디에서도 따뜻함이 묻어나지 않았다. 아빠는 전혀 지혜롭지 않았고, 자상하지도 않았으며, 상냥하지도 않았다. 그런 면에서 봤을 때 아빠는 지혜롭지 못했다. 지혜로운 사람은 결코 그런 식으로 아내를 대하지 않을 거라고, 은재는 생각했다.

엄마도 마찬가지였다. 엄마는 아빠가 무슨 말을 하던지 가만히 듣고만 있었다. 시간이 지난 뒤에, 엄마는 아빠의 말을 마음으로 인정하고 받아들인 것이 아니라 단지 적당한 때를 기다리고 있었다는 것을 알았다. 그때까지는 아빠의 말을 듣고 이해하는 듯 보였지만, 사실은 가만히 마음을 닫고 있었던 것이었다. 그런 사실을 이해하고 깨달았을 때에는 이미 엄마는 머나먼 곳으로 떠나가 버리고 없었다. 꿈속에 나온 엄마를 향해 양팔을 벌린 채 뛰어가다가 넘어지는 바람에 꿈에서 깬 적이 한두 번이 아니었다. 꿈에서 깰 때마다 은재는 이불을 발로 걷어차곤 했다. 바로 앞에서 엄마를 놓친 적이 도대체 몇 번이었던가. 은재의 코와 볼을 향해 부드럽게 부비던 엄마의 따뜻한 볼과 입술, 따뜻한 품, 엄마에게서만 맡을 수 있는 포근한 냄새, 그 모든 것들이 은재에게는 끝없는 그리움으로 남아 마음을 아프게 했다. 엄마가 떠나고 난 뒤에야 비로소 아빠가 '지혜로워지고 있다'고, 은재는 생각했다.

　-우리 엄마가 그러는데, 한남들은 다 똑같대.
　-한남이 뭔데?
　-한국남자들이래.

찬혁이가 한 말이 문득 생각났다.

　-옆집 아줌마랑 이야기하는 거 들었거든. 여자들이 밥해주고, 빨래해주고, 애 낳아주고 해도 한남들은 아무것도 안 한대. 그래서 "엄마, 그럼 나랑 아빠도 한남이야?" 하고 물었는데, 나한테 그런 말 쓰지 말래.

아빠가 정확히 무슨 일을 하는지 은재는 모른다. 한 가지 확실한 것은, 아빠는 항상 지저분한 옷을 입고 나갔다가 지저분한 옷을 입고 집에 돌아온다는 사실이었다. 신는 신발도 크고, 투박하고, 지저분했다. 걸을 때마다 털그럭거리는 소리가 나는 그 신발을 보면서, 은재는 '나는 살면서 한 번도 신어보지 않을 신발을 아빠는 평소에도 신고 다니는구나.'라고 생각할 따름이었다. 더운 여름에는 짚으로 만들어진 커다란 모자를 쓰고 출근했고, 겨울에는 귀까지 덮을 수 있는 군밤색 모자에 마스크를 쓰고 출근했다.

언제였던가, 잠결에 오줌이 마려워 화장실로 가는 길에 할머니와 아빠가 두런두런 이야기를 나누고 계시는 모습을 본 날이. 그 날 아빠의 얼굴에는 불콰한 주기가 맴돌고 있었는데, 할머니와 함께 술을 드신 모양이었다. 오줌을 누는 동안 할머니와 아빠의 이야기 소리가 은재의 귓가에 들려왔다.

　-십장도 힘들제?
　-일이야 같지요, 뭐. 잘 나오던 젊은 사람들이 한 번씩 안 나오면 그게 좀 손해라요. 힘들다고 안 나오지, 뭐 여자친구가 아프다고 안 나오지, 또 뭐 때문에 안 나오지. 이래저래 빠지다 보면 1시간이면 될 일이 2시간 3시간 걸려요.
　-젊은 아들이 와 글로? 야릿네.
　-별 수 있습니까? 하는 사람들이야 하는 거지, 잠깐잠깐 오는 젊은 친구들이야 얼마 안 되서 자기 갈 길 찾아갑니다. 남아 있는 사람들이 일해야지요.

오줌을 누고 방으로 들어가는 은재에게 가볍게 미소를 지어주는 할머니와 아버지를 한쪽 눈으로만 확인한 채 손을 흔든 은재는 가만히 방으로 들어왔다. 그리고 구석에서 새근새근 잠들어 있는 소연이에게 이불을 덮어 주었다. 잠결에 이불을 걷어차고 혼자 저 멀리 누워서 자고 있는 소연이는 이제 은재가 업고 다닐 수도 없을 정도로 많이 컸다. 불과 제작년까지만 해도 은재가 소연이의 손을 잡고 밖으로 나가서 아빠가 오실 때까지 기다리곤 했는데, 이제는 그럴 수도 없게 되었다. 그때는 곤히 잠든 소연이를 업고 집으로 돌아와서 재우는 게 저녁마다 반복되는 은재의 일상이었다.

－오빠, 엄마 언제 와?
－금방 오실 거야. 열 밤만 자고 오신댔거든.
－오빠, 나 엄마 보고 싶어.
－그래, 조금만 참아. 엄마가 돌아오시면 그때부터는 항상 소연이 곁에 있을 거야.
－오빠, 나 다리 아파. 업어줘.

소연이는 엄마를 그리워했다. 돌아오지 않는 엄마를 기다리며 한참을 칭얼거리다가 은재의 등 뒤에서 잠이 들기 일쑤였다. 은재도 엄마가 그리웠지만 차마 소연이 앞에서는 내색할 수 없었다. 나부터 강해져야 동생을 지킬 수 있는 거지, 라고 은재는 생각했던 것이다. 한참동안 집 밖을 서성거리다가 소연이의 숨소리가 가지런해진다 싶으면 그제서야 은재는 집으로 들어와서 소연이를 재웠다. 다리도 아프고목도 뻐근했지만, 엄마가 보고 싶다는 소연이를 위해서 은재가 할 수 있는 건 그것밖에 없었다.

은재랑 소연이는 출근하시는 아빠를 본 기억이 별로 없었다. 아침 일찍 출근하시는 아빠는 은재가 소연이를 재우고 난 뒤에도 한참 있다가 집에 오시는 모양이었다. 거실에 있는 TV 앞에서 리모컨으로 여기저기 방송을 돌려보시는 할머니는 아빠가 집에 오실 때까지는 주무시지 않았다. TV 앞에서 꾸벅꾸벅 졸다가도 잠금장치를 여는 소리가 들린다 싶으면 이내 벌떡 일어나 아빠를 맞이하셨다.

아빠는 집에 오면 잠만 잤다. 설거지도 하지 않고, 빨래도 하지 않았다. 모든 잡다한 집안일은 할머니가 도맡아 하셨다. 아빠가 얼마나 고된 일을 하는지 은재는 몰랐다. 그저 그런 삶이, 그런 과정이 당연한 줄로만 알았다. 은재가 학교에 들어가고 조금씩 머리가 굵어질 때쯤 되어서야 설거지, 빨래 개기, 소연이 재우기 등의 '일거리'가 은재에게도 주어질 따름이었다.

그러나 아빠는 일요일만 되면 완전히 다른 사람이 되었다. 하루 종일 방에서 책을 읽으며 공부만 했다. 이따금 화장실에 가거나 식사할 때를 제외하면, 계속 책상에 앉아서 공부를 했다. 언젠가 은재가 책상에 놓인 아빠의 책을 펼쳐본 적이 있었는데, 아빠는 부리나케 은재의 겨드랑이로 손을 넣어서 은재를 안은 뒤 달랑 들어서 거실 밖으로 데리고 나왔다. 은재는 아무 말 없이 아빠에게 들려서 거실 밖으로 쫓겨

나왔다.

　-아빠는 지금 공부하고 있단다, 아들. 저녁에 할머니랑 같이 고기 먹으러 갈 거야. 지금은 아빠가 공부할 수 있게 아들이 좀 도와주세요.

　아빠가 엄마를 때리던 그 날은 따뜻한 봄비가 내리는 날이었다. 창문을 두드리는 촉촉한 빗소리를 들으며 잠이 들었는데, 문득 잠결에 들려오는 큰 소리에 놀라 은재는 잠이 깼다. 닫힌 방문 사이로 아빠의 거친 숨소리와 목소리가 뚜렷하게 들렸다. 문틈으로 새들어오는 불빛이 아빠의 고함소리에 맞춰 춤이라도 추듯이 약하게 흔들렸다. 깜짝 놀란 은재는 얼른 소연이를 바라보았다. 깊은 어둠 속, 소연이의 영혼은 꿈나라에서 머물면서 찬란한 여행을 계속하고 있었다. 은재는 새근새근 잠들어 있는 소연이가 깨지 않도록 살며시 문을 열어보았다. 그리고 무슨 일인지 살펴보기 위해 살며시 문을 열었던 그 순간이, 은재로 하여금 어떤 일이 있어도 평생토록 여자에게는 손도 대지 않을 거라는 굳은 각오를 하게 만든 순간이기도 했다.

　은재는 평생 잊을 수 없는 장면을 목격했다. 그건 아빠가 엄마의 따귀를 때리는 장면이었다. 아빠의 손이 엄마의 뺨으로 날아가고 짝, 하는 소리가 들렸을 때, 은재는 황급히 문을 닫았다. 이후 장면은 보지 못했다. 어느샌가 일어나 울고 있는 소연이를 끌어안고 이불을 뒤집어쓴 채 숨을 고르고 있었기 때문이다. 닫힌 문 밖에서 아빠가 엄마에게 험한 욕을 퍼붓고 있었다. 은재가 한 번도 들어보지 못한 말들이었다.

　-니네 나라 사람들 만나서 한다는 짓거리가 고작 노름질이야? 그게 어떤 돈인 줄 알아? 니가 어떻게 나한테 이럴 수 있어?

　엄마에게서는 아무 소리도 들리지 않았다. 그저 아빠의 씩씩거리는 소리와 고함 소리만 들려올 뿐이었다. 엄마는 참고 있는 것일까? 아니면 이제는 적응이라도 된 것일까? 엄마는 아무 말도 하지 않았다. 울음소리도, 한숨 소리도 들려오지 않았다. 어쩌면 슬픔을 참고 있는 건지도 모르겠다는 생각을 했다. 아빠도 간신히 울음을 참고 있는 것 같았다. 은재는 엄마의 얼굴을, 아빠의 등을 가만히 쓰다듬어주고 싶었다.

　-아버지 수술비라고 내가 분명히 이야기했잖아. 남들이 아무리 오른다, 어쩐다 해도 절대 함부로 건들지 말라고 내가 몇 번을 이야기했잖아. 그게 어떻게 투자야? 투기에다 노름이지. 니가 한국말을 그렇게 잘해? 주식투자 전문가야? 이제 지금 뭐 하는 짓이야, 도대체!

　그때의 상황이 어떠했는지 은재는 지금도 자세히는 모른다. 다만 엄마의 어떤 실수로 인해서 집에 큰 문제가 생겼고, 아빠가 그 상황을 매우 힘겨워했다는 사실은 분명하게 알 수 있었다. 뒤이어 할머니가 아빠를 말리는 소리가 들렸다.

-고마 때려라 이놈아! 세상 천지에 니 혼자 사나?

-어무이는 좀 놔보소! 내가 이 여자 때문에 미쳐버리겠단 말요!

-야가 돈을 우에따꼬 그카노? 좀 차분하게 이야기를 해야 알 거 아인가베.

아빠의 목소리도 조금은 잦아들었지만, 화가 풀리지 않았는지 한참을 씩씩거렸다. 한참 뒤, 아빠가 조용히 입을 열었다.

-아는 사람이 괜찮은 곳이 있으니까 투자해보라 했다고 아버지 수술비를 다 빼서 투자를 했답니다. 두 달 전에요. 근데 이번에 그 회사 대표가 도망가면서 회사가 완전히 다 날아갔답니다. 아버지 수술비가 그냥 종이쪼가리 된 거예요.

-…….

할머니는 가만히 듣고 있었다.

-제가 오죽하면 그냥 넘어갈려고 했습니다. 이 사람이 아버지 뒷바라지한다고 고생한 것도 알고, 먼 나라에 시집 와서 힘든 것도 있었겠지요. 근데 제가 너무 속상해서 사흘 밤낮을 잠을 못 잤습니다. 은재랑 소연이는 하루가 멀다하고 크고 있고, 인제 돈 들어갈 데도 많은데, 앞으로 어떻게 삽니까?

할머니는 아무런 말씀도 하지 않으셨지만, 땅이 꺼질 듯 내쉬는 할머니의 한숨 소리가 할머니의 마음을 대변하는 듯했다. 할머니의 한숨 소리가 은재의 마음에 어찌나 크게 와닿았던지, 그 순간 심장이 덜컹하는 듯한 느낌이 강하게 몰려왔다. 어두컴컴한 방안에서는 은재의 품속에서 조용히 울고 있는 소연이의 가지런한 숨소리와 벽시계의 초침 소리만 들려왔다. 벽시계의 째깍째깍하는 소리가 너무 크게 들려와서 혹시나 할머니와 아빠에게 들리지 않을까 염려될 정도였다. 야광빛 시곗바늘은 어느덧 새벽 1시를 넘어가고 있었다.

문득 오줌이 마려웠고, 화장실에 가고 싶어졌다. 하지만 은재는 차마 방 문을 열고 거실을 지나 화장실로 나갈 용기가 나지 않았다. 방안 공기와 거실 공기가 확연한 차이가 있을 것이다. 그 짙은 향기가 너무 탁해서 숨을 쉴 수 없을 것이다. 혹시나 소연이가 큰 소리로 울어버린다면 어떻게 할 것인가. 창문을 열고 신선한 공기를 들이마시고 싶었지만 소리가 날까 봐 꾹 참았다. 어떻게 해서든지 자는 척을 하거나, 얼른 다시 잠이 들어야 했다.

조용하던 거실에서 나지막한 소리가 들려왔다. 그 소리는 작은 속삭임으로 시작해서 점점 커지더니, 이윽고 거대한 울림이 되어 은재의 가슴을 파고들었다. 아버지의 떨리는 목소리였다.

-나이 마흔이 다 되도록 아버지 엄마한테 효도도 한 번 제대로 못하고… 돈도 제대로 못 버는 나 같은 놈이 자식이라고 태어나서 엄마 아버지 고생이나 시키고….

아버지는 울고 있었다.

울먹이는 목소리, 목구멍 깊은 곳에서 울리는 떨림은 은재의 마음에 큰 요동을 일으켰다. 태산처럼 느껴지던 아버지가, 은재의 마음을 따뜻하게 어루만져주고 보듬어주던 아버지가, 할머니 앞에서 어린아이처럼 울고 있었다. 은재는 문득, 약간은 쓸쓸한 기운이 맴도는 어느 가을 저녁에 아버지와 이야기를 나누던 순간이 떠올랐다.

-아빠, 나는 나중에 포크레인 기사 할 거야.
-좋지. 우리 아들은 뭘 해도 잘 할 수 있을 거야.
-아빠, 그럼 나 포크레인 사줘.

아버지는 말없이 주머니에서 동전을 꺼내서 은재 앞에 내밀었다. 10원짜리, 100원짜리, 500원짜리 동전이 아버지 손바닥 위에 가지런히 놓여 있었다.

이 돈으로 그렇게 크고 단단한 포크레인을 살 수 있을까, 하는 생각이 듦과 동시에 아버지는 언제나 세상 누구보다 큰 존재였다는 사실이 마음에 떠올라서 아버지를 힘껏 끌어안았다.

-우와, 아빠! 이제 우리 포크레인 사러 가자!

은재의 머리를 쓰다듬던 아버지의 눈빛은 은재를 향한 사랑으로 가득했고, 아버지가 세상 누구보다도 큰 존재라는 사실에 아버지를 향한 자랑스러움이 은재의 마음에 몰려왔다. 그랬던 은재의 영웅이, 세상 그 누구보다 큰 사람이, 지금 할머니 앞에서 어린아이처럼 울고 있었다.

은재는 아무 말도 하지 않았다. 잠도 오지 않았다. 어두컴컴한 방 안에 소연이를 끌어안고 누워 있는 것이 두려웠지만, 아빠에 대해 곰곰이 생각하는 동안 어둠을 향한 막연한 두려움도 완전히 희석되어 사라짐을 느꼈다.

아빠도 우는구나.

아빠는 지금 어떤 마음일까?

다행히 소연이는 잠이 든 것 같았다. 은재는 가만히 귀를 기울였다. 아버지의 목소리는 크고 단단했지만, 그만큼 크게 흔들리고 있었다.

-어무이, 이제 우리는 길바닥에 다 나앉게 생겼소. 내 인생이 이레 될 줄 누가 알았단 말요! 내가 뭘 그렇게 잘못했길래, 이런 일이 생긴단 말요!
-괜찮다 아들아, 괜찮다. 살다 보면 있다가도 없는 게 돈 아인가베. 그거 몇 푼 된다꼬 그카노? 그 돈 좀 날렸다고 저 멀리서 델꼬 온 아를 이레 때려가 되겠나? 살다 보면 좋은 날도 올끼다.

엄마의 목소리는 들리지 않았다. 어쩌면 엄마도 울고 있는지도 모르겠다는 생각이 문득 들었지만, 그 생각이 오래 이어지지는 못했다. 할머니의 따뜻한 목소리가 들려오자 은재도 긴장이 풀리는 것을 느꼈기 때문이다. 이제 아빠가 엄마를 향해 소리치거나 손찌검을 하는 일은 없을 거라는 생각이 들자마자 다시금 졸음이 몰려오기 시작했다. 이제 은재가 할 수 있는 거라곤 가만히 잠든 척 누워서 오줌을 참으며 바깥소리에 귀 기울이고 있다가 다시 조용히 꿈나라로 가는 것밖에 없었다.

그때 조용히 방문이 열렸다. 어느새 몰려오던 졸음은 싹 사라졌고, 발자국 소리와 그림자를 통해 누구인지 추측하기에 이르렀다. 짐짓 잠든 척하고 있었지만, 은재는 어둠 속에서도 작고 야윈 어깨를 통해 엄마라는 것을 바로 알 수 있었다. 일어나서 엄마에게 안겨볼까, 엄마를 끌어안고 엉엉 울어버릴까, 아니면 그냥 자는 척해야 할까. 은재는 가만히 누워서 어떻게 하는 게 엄마를 위한 선택인지를 고민하고 있었다. 그러는 사이에 엄마는 가만히 은재 곁에 와서 누웠다. 엄마는 은재와 소연이에게 이불을 덮어 주고, 머리를 가만히 쓰다듬어주었다.

엄마는 엄마에게서만 맡을 수 있는 엄마의 향기가 있었다. 정확히 어떤 냄새라고 이야기할 순 없지만, 은재와 소연이가 편안함을 느끼는 냄새였다. 엄마가 즐겨 바르는 화장품 냄새였을 수도 있고, 부엌에서 할머니와 엄마가 요리할 때 사용하는 조미료와 찌개 냄새가 섞인 것일 수도 있었다. 하지만 엄마에게서만 얻을 수 있는 풍요로운 향기 아닌가. 고급스럽지도, 호화롭지도 않은 향기였지만, 지금 엄마가 풍기고 있는 역한 알코올 냄새보다는 훨씬 아늑하고 부드러운 향기였다. 평소에 은재가 맡아보지 못한 술 냄새가 엄마의 숨 소리와 함께 가볍게 떨리며 은재의 마음을 흔들어 놓았다. 술 냄새, 그 뒤에는 엄마의 눈물 냄새도 함께 묻어나왔다.

그때 소연이가 조용히, 아주 조용히 울기 시작했다. 엄마의 인기척을 느낀 것이었는지, 아니면 진작부터 알았지만 참고 있던 건지는 모르겠다. 코를 훌쩍이는 소리와 작게 떨리는 소연이의 몸짓이 은재의 팔과 다리에 느껴졌다. 하필 이럴 때 울어야 할까, 하는 두려운 마음에 은재는 소연이의 입을 틀어막고 싶은 충동이 치밀어오름을 느꼈지만, 숨죽여 우는 소연이의 목소리가 너무나 슬펐기에 가까스로 그 충동을 억눌렀다. 은재의 앞에서 울고 있는 소연이, 은재의 뒤에서 울고 있는 엄마 사이에서 은재는 가만히 누워 얼른 이 상황이 지나가기만을 기다렸다.

그때, 조용히 문이 열렸다. 이번에는 은재도 일어나 앉았다. 마치 울고 있는 소연이 때문에 깨어나기라도 했다는 듯 눈을 비비며 일어나는 척했지만, 그제야 소연이의 가슴과 배를 토닥토닥하며 달래는 아빠와, 뒤이어 조용히 일어나 은재를 품에 끌어안고 토닥토닥하는 엄마를 차마 모른 체할 수 없었던 것이다.

-늦었어 아들, 얼른 자. 내일 일찍 일어나야지.

은재의 머리를 쓰다듬는 아빠의 모습은 평소와 다르지 않았다. 엄마를 때리던 아빠의 모습도, 할머니를 향해 울먹거리며 눈물 흘리던 아빠의 모습도 온데간데없었다. 은재는 시끄러운 소리가 나서 일어난 것이 아니라 오줌이 마려워서 일어난 것처럼 보이기 위해 애써 화장실로 이동하면서, 거실에 앉아 있는 할머니를 바라보았다. 할머니는 화장실에 가기 위해 나온 은재를 바라보며 함박웃음을 지어 보였다.

-아이구, 우리 강아지 일어났나? 밥 먹고 학교 가야지.
-학교?
-인자 아침 아이가. 학교 가야지?

은재는 조용히 오줌을 누고 방으로 들어갔다. 아빠가 소연이를 품에 안고 배를 토닥거리며 달래주고 있었고, 엄마는 옆에서 가만히 소연이의 다리를 주물러주고 있었다.

어린 마음에 상처를 주지 않기 위해 은재와 소연이에게 아무렇지 않은 척 행동하는 아빠의 모습에서, 은재를 향해 미소를 짓던 할머니의 모습에서 은재는 폭풍처럼 밀려오는 어떤 감정을 느꼈다. 안도감, 편안함과는 거리가 먼 감정이었다. 마치 이 모든 일이 세상을 살면서 누구나 한 번쯤은 경험해야 할 운명과 같은 그 무엇처럼 느껴지는 감정이었다. 구부정하게 등을 구부린 채 바닥을 바라보고 있던 엄마, 그런 엄마의 손등을 쓰다듬고 있는 할머니, 박복한 운명을 타고난 두 여자를 향해 피를 토하듯이 소리치며 눈물을 흘리던 아빠, 숨죽여 울던 소연이, 그리고 이 모든 상황을 바라보며 아무렇지 않은 척해야 했던 은재의 마음은 크게 소용돌이치고 있었다.

산다는 건 이런 것인가. 고통스럽고, 울적하고, 슬픔이 항상 주위를 맴도는 이런 상황이 산다는 것의 의미인가. 그럼 인간은 왜 살아야 하는 건가. 산다는 것은 무엇인가. 도대체 인간이 산다는 건 무슨 의미인가.

은재의 마음은 복잡했지만, 아무 말도 하지 않았다. 아니, 아무 말도 할 수 없었다는 표현이 더 적절했다. 어린 은재가 느끼는 복잡한 감정은 쉽게 입 밖으로 내뱉을 수 없는 말들이었다. 그런 느낌과 감정을 입 밖으로 표현할 수 있을 만큼 언어구사력이 뛰어나지 않았고, 그런 감정을 말로 표현한다고 해서 이해받을 수 있을 거라는 믿음도 은재에게 없었다. 은재의 깊은 속마음을 이해하기에, 어른들은 너무나 어린 존재였기 때문이다.

표본실에서 본 작은 벌레 수백, 수천 마리가 은재의 심장과 폐를 갉아먹는 듯한 느낌이 들었다. 쿡쿡 쑤셔오는 고통 때문에 숨을 쉬는 것조차 어려웠다. 이런 기분을 엄마, 아빠에게 이야기해봤자 대수롭지 않게 생각할 것이 뻔했다. 못미더워서라기보다는, 너무나 추상적인 느낌이었기 때문이다. 그러나 은재는 분명히 느낄 수 있었다. 아빠와 엄마의 입에서 나오는 따뜻한 한숨 소리가 은재의 폐와 심장을 갉아먹고 있다는 것을. 슬며시 고개를 든 엄마, 그리고 아빠는 은재와 어느덧 울음을 그친 소연이를 가만히 바라보며 희미하게 미소 지었다. 그 눈동자가 너무나 슬퍼 보여서 은재는 마음이 아팠다.

-아빠랑 엄마가 시끄럽게 해서 우리 애기들이 깨버렸네. 이제 조용할게. 잘 자고 내일 보자.

아빠는 은재와 소연이의 얼굴에 뽀뽀한 뒤, 장롱의 맨 윗칸을 열어 무언가를 꺼냈다. 두툼한 서류봉투였다. 서류봉투를 손에 든 아빠는 종종걸음으로 거실로 나갔고, 잠자코 누워 있던 엄마도 아빠를 뒤따라 나가며 조용히 문을 닫았다. 방 안에는 은재와 소연이만 남았다.
어느덧 잠자리에 누운 소연이를 다독거리며 은재도 졸음이 밀려오는 것을 느꼈다. 어쨌거나 어른들의 문제니까, 은재가 할 수 있는 것은 아무것도 없었다. 복잡한 마음은 복잡한 대로 두고, 은재는 다시 깊은 꿈의 터널로 여행을 떠나야 했다. 거실에서는 아직도 아빠와 할머니의 두런두런하는 이야기 소리가 들려왔다. 그 소리가 저 멀리 멀어지는 것을 느끼며 은재는 다시 추수할 수 없는 잠의 바다로 항해를 떠났다. 아빠도, 엄마도, 할머니도, 지혜가 없는 사람들이었다고 생각하며.

04

어른

어른들의 세계는 은재가 참견할 수 있는 세계가 아니었다. 시간이 지나 모든 일이 기억에서 잊혀지기만을 기다리는 것이 은재가 할 수 있는 최선의 방법이었다. 다만, 그런 일이 벌어진 다음 날이면 은재의 주머니는 든든했다. 아빠와 엄마가 용돈을 듬뿍 주셨기 때문이다. 엄마가 가족을 두고 떠난 뒤부터 아빠는 종종 술을 드시곤 했는데, 그리고 난 다음 날에는 아빠가 주시는 용돈이 더 많아졌다. 어떤 날에는 용돈으로 만 원을 주신 적도 있었는데, 그때마다 아빠는 똑같은 인사를 전하곤 했다.

-아들, 오늘은 아빠가 통닭 사서 일찍 들어올게.

은재는 차마 아빠의 얼굴을 똑바로 바라볼 수 없었다. 그저 아빠가 주신 용돈 만 원을 만지작거리며 멀뚱멀뚱 쳐다만 보고 있을 뿐이었다. 아빠는 웃는 얼굴로 이야기하셨지만, 은재는 그 속에 커다란 슬픔이 숨겨져 있는 것을 발견했다. 물론 아버지의 마음을 모두 이해하는 건 아니었다. 돈과 가난에 대한 분노, 가장으로서 책임감을 다하지 못

94

하는 자신을 향한 회한, 자식에 대한 미안함, 아내를 향한 손찌검의 잔상, 어쩌면 자식들이 그 모든 상황을 처음부터 끝까지 듣고 있었을지도 모른다는 생각, 그로 인한 죄책감, 부모님을 향한 죄송한 마음이 한데 어우러져 있는 그 복잡한 심정까지는 이해하지 못했다. 그저 통닭을 사들고 일찍 집에 오겠노라는 아버지에게도 지워지지 않는 슬픔이 자리 잡고 있겠다는 생각 정도에 머무를 뿐이었다. 그런 날에는 은재의 마음도 복잡했다. 주머니 깊숙한 곳에 찔러놓은 만 원짜리를 만지작거리며 학교에 가는 동안, 새로운 장난감을 살 수 있겠다는 어린아이다운 기쁨과 울적함이 한데 뒤섞인 묘한 감정이 은재의 어깨를 짓눌렀다가 띄우기를 반복했다.

찬혁이가 새 딱지를 가지고 왔다. 황금딱지라고도 불리는, 황금빛으로 번쩍거리는 소장판 대왕황금딱지였다. 은재도 전부터 갖고 싶었으나 엄두도 내지 못하던 그 딱지를, 찬혁이 녀석이 갖고 온 것이었다. 수업을 마치는 종이 울리자마자 아이들이 찬혁이 곁으로 몰려들었다.

-와! 황금딱지다!
-저거 한정판이래. 10개밖에 안 판대.
-좋겠다. 누가 사 준 거야?
-어제 아빠가 사주셨어. 앞으로 수학공부 열심히 하고 태권도도 안 빠지기로 약속하고 사주신 거야.

찬혁이가 들고 온 소장판 대왕황금딱지는 쉽게 구매할 수 있는 게 아니었다. 등굣길에 본 바로는 대왕딱지도 이미 몇 개 남아 있지 않았는데, 어쩌면 소장판 대왕황금딱지는 이미 다 팔려나가고 없을지도 몰랐다. 불과 10개밖에 없는 한정판이라는 말이 귓가에 울렸다. 은재의 마음에 조바심이 나기 시작했다.

'점심시간에 나가서 사와야지. 설마 그 사이에 다 팔렸을라구.'

은재의 딱지치기 기술이라고 해서 대단한 건 아니었다. 가만히 노려보고 있다가 냅다 던지듯 내리꽂는 게 딱지치기 기술이라면 기술이었다. 대단히 특별한 것도, 뛰어난 기량을 가진 것도 아니었다. 그럼에도 불구하고 은재의 딱지는 대부분의 딱지를 뒤집어버렸다. 지독한 연습 덕분이었다. 은재는 상대가 누구든 이길 자신이 있었다. 은재와 딱지치기를 했던 녀석들은 하나같이 은재의 강력한 딱지치기 기술에 나뒹굴었다. 개중에는 연달아 딱지를 잃어서 배알이 틀린 녀석들의 볼멘소리가 튀어나오기도 했다.

-야 김은재! 반칙하지 마라.
-야, 니 혼자 하나!
-뭔데, 니! 그레 높게 들고 치지 마라!

반칙이란 것은 애시 당초 존재하지 않았다. 고작 딱지치기에 반칙

따위가 존재할 리 없지 않은가? 축구나 야구처럼 규칙이란 게 있을 리 만무했다. 이기면 따고, 지면 잃는 게임일 뿐이었다. 제 순서만 지키면 아무런 문제도 없었다. 은재를 상대로 이겨본 경험이 거의 없는 꼬마 녀석들이다 보니 그저 계속해서 지기만 하는 딱지치기 판이 마음에 들지 않았을 뿐이었다. 때로는 그런 은재를 견제하다 못해 괜히 싸움을 걸어오거나, 주먹다짐하려는 녀석들도 있었다. 하지만 은재는 침착했다. 딱지치기나 팽이치기에서 이기는 것보다 중요한 것은 친구들이랑 싸우지 않고 사이 좋게 지내는 것이라고 이야기한 할머니의 말씀을, 은재는 기억하고 있었다.

-친구는 한 번 잃으면 완전히 가삔다. 매 이길라고 하지 말고, 한번쓱 져 주라 마. 딱지 그거 하나 잃가도 된다. 내가 또 사주꾸마.

은재는 아직 어린아이였고, 친구를 잃는다는 것이 어떤 의미인지도 몰랐다. 할머니의 말은 틀리지 않았으니까 받아들여야겠다고 생각할 뿐이었다. 그래도 친구들보다 나은 점이 하나쯤은 있다는 어린 우월감, 가녀린 자존심이 은재로 하여금 어둡고 축축한 마음을 위로해주는 통로가 되어주었던 건 사실이었다. 그렇게 은재가 팽이치기와 지우개 따먹기를 거쳐 딱지치기의 세계에서도 줄곧 1등 자리를 놓치지 않고 있을 때, 황금딱지가 등장한 것이었다.

싸구려 상술이었다. 황금딱지라고 해서 대단한 무엇인가가 있는 건 아니었다. 빨주노초파남보 무지개 색깔의 대왕딱지와는 달리 누런 황금빛으로 칠해진 딱지였다. 대왕딱지보다 크기도 조금 더 컸는데, 그래봤자 초등학교 앞 허름한 문방구에서만 판매하는 싸구려 딱지에 불과했다. 그런 문구사를 지키고 있는 주인들은 키만 한 가방을 메고 헐레벌떡 뛰어오는 아이들을 무표정한 얼굴로 바라보며, 애착이라고는 조금도 찾아볼 수 없는 눈빛과 손길로 돈을 받고, 고사리만 한 아이들의 손에 싸구려 딱지를 쥐어 주는 게 일이었다. 아이들의 마음을 뒤흔드는 싸구려 상술이라는 것이 대개 그런 식이었다.

그런데 그 황금딱지가 아이들로 하여금 승리에 도취하게 만드는 어떤 힘이 있는 모양이었다. 크기에서 조금 차이가 나긴 했어도 그리 대단할 것도 없는 것이 분명한데, 일반 대왕딱지와 다르게 황금딱지를 갖고 있노라면 알게 모르게 아이들의 어깨에 힘이 들어가고, 눈빛 또한 이전에는 찾아볼 수 없을 만큼 반짝반짝거리는 거였다. 그러다 보니 대다수 대왕딱지들이 황금딱지의 패대기질 앞에 맥없이 휙 배를 뒤집어까곤 했는데, 딱지치기에 있어서만큼은 타의 추종을 불허하던 은재도, 옆반 병찬이 녀석이 갖고 온 황금딱지와의 접전에서 맥없이 예닐곱 장의 딱지를 잃고 말았다. 황금딱지를 갖고 있다는 자신감과 용기 때문이었을까. 병찬이가 가지고 있던 황금딱지 앞에서는 은재의 딱지들도 이렇다 할 힘을 쓰지 못했다. 은재의 면전에다 혀를 쑥 내밀며 놀려대던 병찬이 녀석이 하수구에 그만 황금딱지를 떨어뜨리는 바람에 영영 잃어버리기 전까지, 은재는 어쩔 수 없이 2인자 자리를 병찬이 녀석에게 내줄 수밖에 없었다.

그런데 그 소장판 대왕황금딱지를, 이름도 찬란한 그 황금딱지를, 오늘 드디어 사러 가는 길이었다. 황금딱지를 손에 쥘 생각을 하니, 그때부터 심장이 쿵쿵 뛰기 시작했다. 은재의 발걸음도 점점 빨라졌다. 조금씩 빨리 걷는 듯하더니, 이윽고 냅다 달리기 시작했다. 숨이 턱까지 차올랐지만 멈추지 않았다.

  -점빼서 파는 불량식품 같은 거 사먹지 마레이. 몸에 억수로 안 좋데이.

가방을 메고 나가는 은재의 뒤통수에 대고 외치던 할머니 말씀이 떠올랐지만, 불량식품 같은 건 안중에도 없었다. 은재의 관심은 오직 황금딱지였다.

할머니의 말씀은 일리가 있었다. 기름에 튀긴 소시지와 쫀드기에 라면 스프를 뿌리면 기가 막힌 간식거리가 만들어졌다. 문구사에서는 그렇게 튀긴 소시지와 쫀드기를 꼬치에 꽂아서 500원에 팔았다. 아이들은 그걸 '햄뜨기'라고 불렀다. 쫀드기의 달짝지근한 맛, 소시지의 고소한 맛, 라면 스프의 짭쪼름한 맛이 합쳐져서 아이들이 좋아할 만한 간식이 만들어졌다. 은재도 몇 번 사 먹은 기억이 있다. 과연 노란색이었던 과거가 있었는지조차도 의심스러운 검은 빛을 띠는 기름에, 햇빛에 변색되다 못해 기름기가 말라서 색깔까지 변해버린 소시지와 쫀드기를 넣고 튀기는 장면을 할머니와 노트를 사러 왔다가 목격하기 전까지, 그래서 할머니와 문구사 주인 아저씨가 삿대질을 해가며 싸우기 전까지, 은재도 그 햄뜨기를 무척이나 좋아했다.

할머니는 '어른 같지도 않은 인간들이 애들 코 묻은 돈이나 벌어재낄라꼬 벨 희안한 걸 다 갖다 판다'고 소리쳤고, 문구사 주인 아저씨는 "다 먹고 살라고 하는 건데 뭐가 문젭니까? 그리고, 내가 내 가게에서 장사하는데 할매가 뭐 보태준 거 있소?" 하고 반박했다. 이해할 수 없는 대답이었지만, 그게 싸움의 이유라면 이유였다. 그 뒤로 한동안은 문구사에서 햄뜨기는 사 먹지 않았다. 학교를 마치고 집에 가면 할머니가 해두신 햄뜨기가 밥상에 놓인 후라이팬 위에 놓여 있었기 때문이었다.

먼지가 뽀얗게 앉은 학용품과 조악한 장난감이 이렇다 할 규칙도 없이 마구잡이로 쌓인 문구사는 은재와 친구들이 학교 가는 길에 꼭 들르는 곳이었지만, 할머니가 삿대질을 해가며 싸운 뒤로 괜히 자신에게도 불똥이 튈까 싶어 차마 들어갈 용기가 나지 않았다. 은재가 학교에 가는 길에 런닝셔츠에 반바지, 고무슬리퍼를 신은 아저씨가 부스스한 머리로 나와서 바닥에 물을 뿌리거나 빗자루질을 할 때도 간혹 있었다. 그럴 때 은재는 죄인이라도 된 것마냥 고개를 숙이고 걷거나, 가방으로 얼굴을 가리고 앞을 지나간 적도 있었다. 괜히 눈이라도 마주칠까 싶어 겁이 났기 때문에 아저씨가 없어도 저 멀리 돌아가곤 했다.

그럴 때면 수진이나 찬욱이가 은재 대신 숙제 물품을 사다 주었다.

안타깝게도 그 문구사 외에는 황금딱지가 없었다. 학교 주위에 문구사라고는 거기밖에 없었던 것이다. 아저씨가 알아보면 어쩌지, 가슴이 쿵쾅쿵쾅 뛰었지만 어쩔 수 없었다. 황금딱지를 손에 넣기 위해서라면 그런 두려움 정도는 이겨내야 한다는 걸 은재도 알고 있었다. 아저씨가 자신을 못 알아봤으면 좋겠다, 라고 생각하며 종종걸음을 걷고 있었다.

아이들의 말에 따르면, 황금딱지는 일반 딱지처럼 세게 쳐서는 넘어가지 않는다고 했다. 어린 아기를 달래듯이, 가운데 살짝 솟아있는 부분을 슬쩍 건들 듯이 쳐야 반동에 의해서 딱지가 넘어간다고 했다. 물론 어디까지나 가설이었다. 이제까지 일반딱지로 황금딱지를 넘긴 아이는 한 명도 없었다. 은재도 마찬가지였다. 대왕딱지가 아이들 손바닥 크기였다면, 황금딱지는 어른들의 두툼한 손바닥만큼 크고 두꺼웠다. 일반 대왕딱지에 싸구려 황금빛 물감을 칠해 놓은 고무딱지에 불과했건만, 어느새 아이들에게 감히 함부로 대할 수 없는 시금석 같은 존재가 되어 있었다. 그랬기 때문에 황금딱지만 있으면, 반 아이들의 모든 딱지를 다 딸 수도 있을 것이란 기대가 은재의 마음을 들뜨게 했고, 비로소 자신도 황금딱지를 가질 수 있다는 기대감이 용기를 내어 문구사로 뛰어들어 가도록 은재의 마음을 부추겼다. 황금딱지를 손에 넣기 위해서라면, 그런 두려움 정도는 이겨내야 하는 것임을 은재도 알고 있었다. 아저씨가 자신을 못 알아봤으면 좋겠다, 라고 생각하며 종종걸음으로 문구사로 향했다.

그때 뒤에서 누군가 은재를 불렀다.

-야, 앞에 너. 이리 와 봐.

낮고 묵직한 소리에 은재는 뒤를 돌아봤다. 그리고 그 순간 너무 놀라 얼어붙고 말았다. 창식이 형이 날카로운 눈빛으로 은재를 바라보며 이리 오라는 손짓을 하고 있었다.

창식이 형은 학교에서도 알아주는 문제아였다. 6학년인데도 불구하고 담배를 피웠고, 상대를 가리지 않고 덤벼들었다. 언젠가 인근 중학교 형들과 싸워서 몇몇 형들의 코피를 터트렸다는 이야기도 무용담처럼 들려왔다. 얼굴에는 흉터가 가득했고, 눈빛은 마치 독기를 품고 사냥감을 바라보는 독사의 눈빛 같았다.

아이들은 일단 모였다 하면 창식이 형의 무용담을 주고받았다.

-중학교 형들이랑 3대 1로 싸웠단다.
-길 가다가 만나면 무조건 도망쳐야 된다더라. 걸리면 돈도 다 빼앗기고, 죽도록 때린단다.

창식이 형을 학교에서 본 적이 있었다. 항상 같이 다니는 대여섯 명 무리 가운데서도 창식이 형은 유달리 크고 강해 보였다. 날카로운 눈빛, 우람한 덩치, 거들먹거리며 걷는 듯한 뒷모습에서 아이들은 두려움을 느꼈다. 저 멀리서 창식이 형과 친구들이 걸어오는 게 보이면 대부분의 아이는 슬슬 피하곤 했다. 그런데 그 창식이 형이 지금 은재를 향해 손짓을 하는 것이 아닌가. 그것도 불과 은재의 걸음으로 스무 걸음 정도밖에 되지 않는 거리에서.

-예? 저요?
-그래 임마, 니. 일로 와보라고.

그 순간, 은재는 죽을 힘을 다해 문방구를 향해 달리기 시작했다. 어떻게 그 상황에서 도망갈 생각을 했는지 은재 스스로도 이해할 수 없었지만, 지금 그 자리에서 도망치지 않으면 끔찍한 일이 벌어질지도 모른다는 두려움이 은재로 하여금 숨이 턱에 닿도록 뜀박질을 하게 만들었다. 뒤에서 창식이 형이 소리치며 은재를 불렀지만, 은재는 숨이 턱까지 차오르는 순간에도 문방구를 향해 달렸다. 지금 이 순간만큼은 아저씨가 할머니의 삿대질을 잊고 자신을 도와주지 않을까 싶은 마음에서였다.

문 앞에 쭈그려 앉아서 티비를 보는 아저씨는 미간 옆 오른쪽 눈썹에 커다란 점이 하나 있었다. 늘 졸린 눈으로 아이들을 쳐다보는 아저씨는 은재가 뛰어들어오자 게슴츠레한 눈으로 "뭐사러 왔노?" 하고 물었다. 할머니와 삿대질을 하며 싸운 일을 기억하지 못하는 것인지, 짐짓 모른 체하는 것인지는 몰라도 우선은 다행이라고 은재는 생각했다. 은재는 아저씨를 붙잡고 애원했다.

-아저씨, 살려주세요!
-왜? 뭔 일 있나?

숨이 턱까지 차오른 채 냅다 살려달라고 애원하는 은재를 보고 아저씨는 어리둥절해하면서도 놀란 표정으로 바라봤다. 언제 봐도 게슴츠레한 눈을 가지고 있는 아저씨였는데, 그 순간만큼은 그 눈이 가자미 눈처럼 동그랗게 바뀌는 것을 은재는 똑똑히 발견했다.

글쎄, 방금 일어난 상황을 어떻게 설명해야 할까. 창식이 형은 분명히 학교에서 알아주는 문제아였고, 좀 전에 은재를 불러세웠다. 창식이 형의 손에 잡히면 어떤 일이 일어날지 모른다.
죽도록 때린다더라.
중학교 형들도 맞았단다.
뒷산에 가서 몽둥이로…
은재의 머릿속에는 창식이 형의 손에 잡혀 으슥한 곳으로 끌려가고 있는 자신의 모습이 주마등처럼 지나갔다. 분명히 창식이 형을 피해 도망을 왔고, 도움을 구해야 한다. 그런데 아저씨에게 어떻게 설명해야 할지 몰랐다. 무서운 사람이 쫓아온다고 하기엔 창식이 형도 학교 학생에 불과했고, 그렇다고 아무 일도 아니라고 이야기할 수도 없는 노릇이었다.

은재가 좀 전에 일어난 긴박한 상황을 어떻게 설명해야 할지 몰라서 발만 동동 구르고 있는데, 저 멀리서 창식이가 어슬렁어슬렁 걸어서 문방구 쪽으로 다가왔다. 창식이를 발견한 은재는 심장이 쿵 떨어지는 느낌을 받았다. 이제는 피할 방도가 없었다. 난 이제 죽었구나, 하고 체념하고 있는데 창식이가 문방구 아저씨에게 꾸벅 인사를 했다.

　　-어, 창식이냐? 별일 없지?
　　-예.

아저씨를 향해 짧게 대답한 창식이는 은재를 향해 이야기했다.

　　-야, 너는 내가 부르는데 어딜 그렇게 도망가냐?

은재를 바라보는 창식의 눈빛은 날카로웠지만, 그러나 웬지 모를 따뜻함이 그의 눈빛에 스쳐지나가는 걸 은재는 분명히 느낄 수 있었다. 하지만 뭐라고 대답해야 할지 몰라서 가만히 서서 창식이를 바라보고 있었다. 창식이는 주머니에서 뭔가를 꺼내서 은재에게 건넸다. 만 원이었다.

-니 주머니에서 만 원 떨어졌다. 혹시나 문구사에 뭐 사러 왔나 싶어서 따라와 봤지. 도망갈 줄 알았으면 그냥 내가 하는 건데, 괜히 따라왔네.

그제서야 은재는 주머니를 뒤적거려보았다. 과연 주머니에는 만 원이 없었다.

-창식이 니가 돈 주웠나? 니 해뿌지 말라꼬 따라오노.

빤빤한 얼굴로 상황을 지켜보던 아저씨는 다시 게슴츠레한 눈으로 돌아갔고, 창식이를 향해 농을 던졌다.

-야가 놀래 가지고 땀을 뻘뻘 흘리면서 뛰들어오는 기라. 뒤에서 덩치 크다한 형이 부르니까 식겁을 했는갑드만. 돈 찾아주는 줄도 모르고 말이지, 요놈이.

05

용서

얼마 전 1학년 남자아이가 학교로 오는 길에 문구사 앞에서 차에 치여 죽는 걸 봤다. 은재는 학교로 오는 길에 그 장면을 목격했다. 그렇게 많은 피를 본 것은 처음이었고, 심장이 그렇게 빨리 뛴 것도 아빠에게 엄마가 맞는 것을 봤을 때 이후로 두 번째였다. 아이는 머리에 피를 철철 흘리고 있었고, 아이 엄마로 보이는 아줌마가 달려와서 아이를 부둥켜안은 채 소리를 지르고 있었다. 그 일이 있은 뒤로, 할머니는 아침마다 오토바이와 차를 조심하라고 이야기했다. 한동안 경찰차가 순찰을 돌았고, 차와 오토바이도 조심스럽게 운전하는 듯했다. 하지만 오래가지 않았다. 차와 오토바이 운전자는 여전히 속력을 내서 운전했고, 그건 은재가 보기에도 무척 위험해 보였다. 어쩌면 나도 저렇게 죽을 수 있겠다, 하고 은재는 생각했다. 주머니에 쑤셔넣은 딱지를 주물럭거리면서 할머니가 하신 말씀을 생각했다.

-사람이 우선인기라, 사람이. 각주에 도로 우에 뛰들고 그카지 마래.

수업 시작을 알리는 종이 할머니의 말씀과 맞물려 은재의 귓가에 맴돌았다.

수업 시간은 지루했다. 주머니에 불룩하게 솟아있는 딱지를 만지작거리며 선생님을 멍하니 바라보고 있었다. 얼른 쉬는 시간이 되었으면, 하고 은재는 생각했다. 그 순간, 선생님과 눈이 마주쳤다. 딱지를 만지작거리던 손을 황급히 빼냈다. 선생님은 아랑곳하지 않고 미소 지으며 이야기했다.

-어, 잘생긴은재. 29쪽 맨 위에서부터 한번 읽어볼까?

은재는 눈앞이 캄캄해지는 것을 느끼며 자리에서 일어났다. 국어는 은재가 가장 어려워하는 과목이었다. 한국어 때문이었다. 들릴 듯 말 듯 읽어주는 수진이 덕분에 더듬더듬 읽기는 했지만, 너무 작은 목소리로 말해서 도무지 알아들을 수가 없었다.

-동…는…악교에… 갔습니다…아버지는 동…에게 도시…각을 써…쓰주어…

아이들이 키득키득거리는 소리가 환청처럼 들려왔다.

팽이치기와 딱지치기를 할 때와 달리, 수업만 시작하면 교실은 살아 있는 무덤처럼 느껴졌다. 작고 통통한 은재의 손은 조금씩 떨리고 있었고, 고개는 자꾸만 책상 아래로 숙여졌다. 감출 수 없는 어색함을 느낄 때 또래아이들이 으레 그렇듯, 은재도 혀로 입술을 훔치며 머리를 긁었다. 손톱에 따뜻한 땀이 묻어나왔는데, 차라리 땀이 아니라 피였으면 좋겠다고 생각했다. 누구라도 놀라서 소리를 칠 테고, 아이들과 선생님이 뛰어와서 은재의 머리에서 흐르는 피를 닦아 줄 것이고, 자연스럽게 다음 친구가 국어책을 읽게 되지 않을까, 하는 생각을 했다. 그럼 이 어색한 순간도 피할 수 있을 것이고, 은재는 쉬는 시간에 아무 일도 없었다는 듯 딱지치기를 할 수 있을 테니까. 너무나도 어색하고 부끄러운 지금 상황을 피하기 위한 수많은 상상이 은재의 머릿속을 맴돌았지만, 그런 일은 일어나지 않았다. 은재는 자기도 모르게 주먹을 꽉 쥐었다. 너무 부끄러워서 눈물이 날 것 같았다. 등허리에 식은 땀이 흐르는 게 느껴졌다.

 -니는 집에서 책 좀 읽고 온나. 엄마가 안 읽어 주시나?

 아무렇지 않게 질책하던 2학년 시절 담임선생님이 문득 생각났다. 은재는 아무 말도 하지 않았다.

 엄마는 한 번도 책을 읽어주지 않았다. 아니, 읽어주지 못했다. 그림을 손으로 짚어주며 "이꼼 모야? 이꼼 모야?" 하고 짚어준 게 전부였다. 그럴 때마다 은재는 유치원에서 배운 단어들을 엄마에게 알려주곤 했다. '음매' 하고 우는 것은 소, '어흥' 하고 우는 것은 호랑이, '꼬

끼오' 하고 우는 것은 닭, '멍멍' 하고 짖는 건 게. 아니, 괴? 괴. 그럴 때마다 엄마는 은재의 말을 따라했다.

소.

호랑이.

닭.

게.

아니 엄마. 괴.

꾀.

엄마도 한국말이 어려웠겠지, 내가 그랬던 것처럼. 그래서 못 읽어 줬겠지.

은재도 마찬가지였다. 가나다라마바사아자차. 그다음이 막혔다. ㅋ, ㅌ, ㅍ은 매번 헷갈렸다. 몇몇 단어는 읽을 수 있었지만 문장을 만드는 건 어려웠다. 마찬가지로 받침 있는 글자도 읽는 게 어려웠다. '읽었다'를 '일겄다'라고 발음해야 하는지, '익었다'라고 발음해야 하는지 헷갈렸다. '맑다', '밝다', '뱉다'도 마찬가지였다. 은재에게 책 읽는 시간은 호되게 혼이 나거나 친구들 앞에서 무시당하는 시간이었다.

용기를 내서 몇 마디 더 읽으려고 입을 뗐지만, 읽을 수가 없었다. 입술을 잘게 깨무는 소리, 입을 열었다 떼면서 나는 마찰 소리, 아이들의 키득키득거리는 소리가 교실 전체에 울려 퍼졌다. 그 외에는 아무 소리도 들리지 않았다. 주머니의 황금딱지가 유난히 크게 느껴졌다. 은재

말고도 한글을 다 떼지 못한 아이들이 여럿 있었다는 사실을 알지 못했다면, 그 자리에서 선 채로 눈물을 뚝뚝 흘렸을지도 모를 일이었다. 은재는 선생님에게서 어떤 불호령이 떨어질지 몰라 두려워하며 저마다 재미있게 춤추고 있는 책 속의 글자들만 빤히 바라보고 있었다.

은재가 더듬더듬거리며 몇 마디 읽다가 문득, 아무 말 없이 서서 고개를 숙이고 있던 그 시간은 결코 긴 시간은 아니었다. 불과 5초에서 10초 정도였을 것이다. 하지만 은재에게는 영원히 잊고 싶었던 그 찰나의 순간이 상처 입은 영혼을 작은 육체 안에 담고 있는 아이들을 가르치는 위대한 선생님으로 성장하기 위한 도약의 발판이 되었다는 사실을, 훗날 어른이 되어서야 비로소 이해하고 인정할 수 있었다. 한 가지 아쉬운 점이 있다면, 꽤 오랜 시간이 지난 이후의 어느 시점이 되어서야 그런 식의 작은 깨달음이 은재의 마음에 분명하게 자리 잡을 수 있었다는 것이다. 지금 이 순간, 은재는 자신을 바라보는 아이들의 눈빛과 들릴 듯 말 듯한 웃음소리, 가만히 서서 자신을 바라보는 선생님의 표정이 어쩌면 날카로운 비난의 그림자를 담고 있지 않을까, 하는 두려움으로 가득 차 있었다. 오줌이 마려웠고, 장이 뒤틀리는 느낌이 온몸을 휘감았다.

잠자코 서 있던 선생님이 이윽고 입을 열었다.

－굉장히 잘 읽었어. 수고했어요. 자 모두들 박수!

선생님은 온 마음을 담아 크게 박수를 쳤다. 키득키득거리던 아이들조차도 선생님을 따라 어색한 박수를 쳤다. 몇몇 아이들은 장난기 가득한 표정으로 따봉을 날리거나 "황금딱지 파워!"를 외치기도 했다. 그러나 그들은 모두 마음 깊이 알고 있었다. 선생님은 결코 은재의 부족함을 문제삼지 않으며, 은재의 어린 영혼이 상처받지 않고 앞으로 나아갈 수 있도록 크고 놀라운 격려와 위로를, 그리고 용기를 심어주시는 분이라는 것을.

불호령이 떨어질 거라 생각했던 은재 역시 따뜻한 선생님의 목소리와 박수 소리에 안도하며 자리에 앉았다. 주머니 속 황금딱지 때문에 허벅지가 아팠다. 은재는 조심스레 딱지를 꺼내 책상 서랍 안에 넣었다.

-너희들은 한국에 살고 있으니까 한국말이 쉽다, 어렵다 이야기하긴 어려울 거야. 늘 써오던 말이니까. 이런 걸 모.국.어.라고 해. 풀이하자면 어머니가 되어준 나라의 말, 언어라는 뜻인데, 당연히 태어날 때부터 써오던 말이니까 문제 없이 대화를 하고 읽을 수 있겠지. 근데 사실 한국어는 다른 나라 말들에 비해서 상당히 어려운 말이야. 다양한 표현 방식이 있고, 또 사람들의 말 속에 숨겨진 뜻이 있기 때문에, 단지 책을 잘 읽는다거나 평소에 친구들과 말을 잘한다고 해서 말을 잘한다고 이야기할 순 없어. 선생님도 아직 모르는 한국말이 많이 있거든. 정말이야. 농담이 아니라고.

선생님은 잠깐 말을 끊었다. 그리고 은재를 바라보고 미소 지은 뒤, 다시 아이들을 둘러보며 이야기했다.

-오늘 은재가 굉장히 용기 있는 행동을 했어.

아이들은 선생님의 얼굴을 빤히 바라보았다. 귓속말로 소근소근거리는 아이들도 있었다.

-만약에 누가 선생님한테 잘 모르는 것을 용기 있게 해보라고 이야기한다면, 선생님도 못 했을 거야. 굉장히 어려운 거거든. 내가 잘 못 하는데, 또 부족한 게 있는데, 그런데도 그 부족함을 문제 삼지 않고 도전해서 결과를 내는 것, 그건 사실 굉장한 용기를 필요로 하는 일이거든. 그런데 은재가 너무 용기 있게 책을 읽은 거야. 발음도 아주 좋고 목소리도 좋고. 굉장히 훌륭했어. 너무 잘 읽었어. 앞으로도 자주 그렇게 읽고 발표하고 그래 주면 좋겠다. 자, 다시 한 번 은재에게 박수!

아이들의 박수 소리가 아까 전보다 커졌다. 그 박수 소리가 은재의 마음을 울렸다. 선생님의 칭찬이 익숙하지 않았기에, 어떻게 행동해야 할지 은재는 잘 몰랐다. 작은 실수에도 꾸지람을 듣고 비난을 받던 시간들이 떠올라서, 은재는 잠자코 선생님의 얼굴을 바라보고 있었다.

-정말 잘한 거야. 용기 있게 잘 읽었어. 그리고 잘 못 해도 괜찮아. 우

린 모두 부족한 게 있는 사람들이니까. 선생님이라고 부족함이 없겠니? 나라고 다 잘하겠어? 실수하고, 틀리고, 잘 안 되면 다시 도전해 보고, 안 되면 다른 방법으로도 해 보고, 그렇게 조금씩 인생의 모습을 조각해나가는 거야. 얕은 웅덩이 같은 인생을 깊은 호수처럼 만들어나가는 거지. 키가 크는 것도 성장이지만, 마음과 생각이 자라는 것도 성장이거든. 어른이 된다는 건 그런 거야. 좀 힘들고, 어렵고, 부끄러움 당할 수도 있는 일 앞에서 용기 있게 도전하는 것, 그런 자세는 어른이 되기 위해서 꼭 필요한 자세거든. 오늘 여러분들 집에 가면 오늘 읽은 부분 꼭 한 번씩 읽고 오길 바랍니다.

-네!

참새 같은 아이들의 목소리가 교실을 울렸다.

-오, 김은재! 책 잘 읽는 아이!

쉬는 시간 종이 울리자마자 몇몇 아이들이 달려와서 놀려댔다. 형식이, 진성이, 규태, 현근이였다. 모두 딱지치기로 은재에게 딱지를 잃은 녀석들이었다.

-용기 있는 아이, 김은재! 어디 한 번 더 용기 있게 책을 읽어보시지!
-하지 마라.
-므, 흐지므르.

형식이는 입술을 한껏 옆으로 벌려서 은재의 어눌한 말투를 따라 했다.

인종차별, 제노사이드Genocide, 홀로코스트The Holocaust, 아파르트헤이트Apartheid라는 단어는 들어본 적도, 피부로 경험해 본 적도 없는 아이들이었다. 은재가 어떤 형태의 특징이 있더라도 아이들에게는 전혀 문제 될 것이 없었다. 다문화 가정, 신체의 일부가 불편한 지체장애, 편부모 슬하에서 자란 편부모 가정 등등 어떤 것도 아이들에게는 문제 되지 않았다. 좋든 싫든 한 교실에서 푸닥거리며 지내는 녀석들인데다, 공놀이라도 한 번 하고 나면 금세 풀리는 친구들이 그들 아니던가. 그렇다 보니 이런 일로 미운털이 박힐 만한 사이는 아니었다. 다만, 지금 이 순간만큼은 딱지를 잃은 수모를 이런 유치한 방법을 사용해서라도 풀겠다는 심보로밖에 보이지 않았다.

　-나 이기고 싶으면 연습 더 해서 와.

그 누구도 따라할 수 없는, 오직 은재만이 할 수 있는 레퍼토리였다. 눈 하나 깜짝하지 않고 집중해서 딱지를 패댁질 치는 은재의 손놀림이 그들 입장에서는 제법 뺀질뺀질하게 느껴질 만도 했거니와, 단 한 번도 지지 않고 의기양양하게 자기들의 딱지를 쓸어 담는 은재 녀석이 내뱉는 레퍼토리가 그들 눈에 곱게 보일 리도 없었다. 그렇다 보니 은재가 한껏 날카로운 인상으로 그들을 노려봤지만 아이들은 겁먹지도, 놀림을 그만두지도 않았다. 그렇다고 해서 주먹을 날리자니 겁이 났다. 그나마 만만한 상대가 뽀얀 얼굴에 키가 작고 얍실한 형식이라서 한참을 노려보고 있는데, 어디선가 나타난 미선이도 은재를 향해 쏘아붙이기 시작했다.

-야, 김은재! 너 쉬는 시간에 딱지 사러 갔다 왔다며? 선생님한테 다 이른다!
-야 제갈미선, 하지 마라. 죽는다.
-뭐, 싫은데? 이를 건데!
-하지 마라. 분명히 이야기했다.
-할 건데? 니가 뭐 어쩔 건데? 흥! 별꼴, 세모꼴, 네모꼴이야!

새침데기 미선이가 혀를 삐쭉 내밀고 은재를 흘겨봤다. 비웃음이 가득 서려 있는 눈빛이었다. 형식이는 연신 '흐지므르, 흐지므르' 하고 은재의 말투를 따라하고 있었다.
숨을 고르는 은재를 위아래로 훑어보던 미선이가 은재에게 일갈을 던졌다.

-아 참, 니네 엄마 외국 사람이지? 혹시 아프리카 쌔깜둥이 아니니?

그 순간, 은재의 주먹이 날아갔다.

엄마는 여자다.

엄마가 아빠에게 맞을 때, 은재는 생각했다. 엄마는 여자라고. 남자가 여자를 때리는 것은 아주 잘못된 것이라고. '나는 절대 아빠처럼 여자를 때리지 말아야지. 나는 절대 여자를 때리지 말아야지.' 아빠가 엄마를 때린 날, 은재는 다짐하고 또 다짐했다.

세상이 잠든 그날 밤, 조용히 방문이 열렸다. 은재는 인기척에 잠이 깼지만 가만히 누워 있었다. 은재는 눈을 감고 자는 척했다. 잠에서 깨어나 엄마의 얼굴을 보면 눈물이 쏟아질 것만 같았다. 엄마가 손을 뻗어 은재의 얼굴을 어루만졌다. 엄마가 아주 따뜻한 손으로 은재의 얼굴을 어루만지고 있었다.

그때, 은재는 울고 있는 엄마의 얼굴을 처음 봤다. 그건 분명히 울고 있는 얼굴이었다. 어둠 속에서 엄마는, 소리조차 내지 않고 숨죽여 울고 있었다.

창문으로 들어오는 희미한 가로등 불빛 아래 비춰진 엄마의 얼굴이 반짝반짝 빛나고 있는 동안, 은재는 실눈을 뜨고 소리 죽여 우는 엄마의 모습을 바라보았다. 그리고 모든 것은 제자리로 돌아갔다. 아빠가 들어와서 소연이를 안고 다독여줄 때, 한참 동안 소리 죽여 울던 엄마는 아무렇지 않은 표정으로 조용히 소연이의 다리를 주물러 주었다. 그러다 아빠가 나가실 때, 엄마도 일어나 문 밖으로 나갔다. 다시 어두움이 은재를 감싸안았다. 은재는 눈물로 뒤범벅되어 한없이 반짝이던 엄마의 얼굴을 보았던 그 순간을 잊을 수 없었다.

-아니 아저씨, 집에서 애 교육을 어떻게 시킨 거예요? 여자애가 장 파열이라도 되면 어쩌려고 배를 그렇게 때려요?

-죄송합니다. 제가 교육을 잘못 시켰습니다.

-아니, 교육이고 나발이고 간에 이건 기본이 안 된 거잖아. 아무리 어린애라고 해도 그렇지, 이건 무슨 깡패도 아니고 말이야. 무슨 부모란 작자가 자식 교육을 이따위로 시켜! 정신 나갔어?

상대방은 새침데기 미선의 엄마였다. 아빠가 새침데기 미선이 엄마 앞에서 한마디도 못 한 채 고개를 숙이고 있었다.

은재는 한참 뒤에야 문제가 심각하게 돌아가고 있다는 걸 직감할 수 있었다. "우리 엄마 아프리카 사람 아니야! 우리 엄마 욕하지 마!" 하고 소리치며 홧김에 주먹으로 미선이의 배를 때렸다. 거기까지는 기억이 난다. 그리고 고통스러운 신음 소리를 내며 쓰러진 미선이의 배를 발로 차고 밟았다는 사실은, 얼굴이 눈물범벅이 되어 울먹거리며 엄마에게 이른 미선이의 이야기를 듣고 난 뒤에야 그 심각성을 알았다. 은재가 봐온 세상은 어디까지나 어린아이의 세상에 불과했기 때문에, 그 일이 다음 날 아버지가 학교로 불려올 만큼 심각한 일이었으리라곤 은재는 짐작도 할 수 없었다.

-쟤가 먼저 놀렸어요. 나보고 엄마 없는 애라고 그랬어요. 엄마가 아프리카 사람이라고 놀렸어요. 우리 엄마가 외국 사람이라고 그랬어요.

은재의 마음에서는 강하게 소리치고 있었다. 금방이라도 눈물이 뚝 뚝 떨어질 것만 같은 표정으로 그렇게 소리치고 있는 자신의 모습을 상상했다. 하지만 잔뜩 겁을 먹은 은재의 입에서는 아무 말도 나오지 않았다.

은재도 잘못한 것은 알았다. 잘못을 하면 벌을 받아야 하고, 용서를 구해야 한다는 것도 알았다. 사과하고 용서받고 싶었다. 하지만 그러기엔 억울했다. 아마 미선이의 엄마가 은재의 귀를 잡아당기며 "어린 녀석이 못되 처먹은 것만 배워 가지고!"라고만 말하지 않았어도, 은재는 용기를 내서 미안하다고, 너무 화가 나서 그랬는데 정말 미안하다고, 이야기했을지도 모른다. 하지만 은재는 이제 겨우 3학년이었다. 모든 상황이 은재에게는 불리하게만 보였고, 미선이의 잘못을 이야기했다간 더 큰 문제가 생길 것만 같아 두려웠다. 은재는 손가락을 꼼지락거리며 고개를 숙인 채 잠자코 서 있었다. 두 다리가 떨려서 가만히 서 있을 수가 없었다.

-다시는 이런 일이 없도록 하겠습니다. 어린아이의 실수라고 생각하시고, 한번만 용서해 주십시오.
-사람들이 말이야. 지 새끼가 예쁜 줄 알면 남의 자식도 귀한 줄 알아야지. 건방지게 말이야.

아버지는 은재의 어깨를 떠밀었다.

-은재야. 얼른 아주머니께 사과드려라. 친구한테도 미안하다고 이야기하고. 어서.

아버지의 눈이 몹시 슬퍼 보였다. 은재는 차마 아버지의 말씀을 거역할 수 없어서 고개 숙여 사과했다.

-죄송합니다.

쭈뼛거리며 서 있는 은재를 아버지가 미선이 쪽으로 슬쩍 밀었다. 미선이는 배를 부여잡은 채 은재를 뽀루퉁하게 쳐다보고 있었다. 차마 입이 떨어지지 않았지만, 용기를 냈다.

-미안하다.
-흥!

은재를 째려보던 미선이는 콧방귀를 뀌었다. 그래도 상황이 일단락된다 싶어서 은재는 속으로 안도의 한숨을 내쉬었다.

-너, 두 번 다시 내 딸한테 찝적거리지 마. 알겠어?
-네.

차갑게 쏘아붙이는 미선이 엄마의 시선을 의식한 탓인지, 교장선생님은 송구스럽다는 듯 재차 사과했다.

-애들이 같이 지내다 보니 이런 일도 생겼는데, 뭐라 드릴 말씀이 없습니다. 제가 좀 더 신경 써서 교육시키도록 하겠습니다.

교장선생님은 은재를 흘낏 쳐다본 뒤 아직까지 화가 안 풀렸는지 팔짱을 끼고 있는 미선이 엄마에게 이야기했다.

-이번에 새 학기가 시작되고 선생님들도 바뀌다 보니 애들도 아직 적응이 잘 안 되었을 겁니다. 모쪼록 잘 관리하겠습니다. 어머님께서도 노여움을 푸시지요.

교장선생님의 얼굴에 기름기가 번질거리는 게 보였다. 땀과 기름, 부드럽게 이야기하는 말투 속에 숨겨진 목소리는 그가 얼마나 형편없는 사람인지를 보여주는 듯했다. 은재는 교장선생님의 표정이 뱀처럼 징그럽다고 생각했다.

그때, 문이 드르륵 열리고 준식이 교무실로 들어왔다. 다소 긴장되어 보이는 표정이긴 했지만, 은재 아버지와 미선이 엄마에게 가볍게 목례를 하며 다가와 인사했다.

-늦어서 죄송합니다. 두 분이 오신다는 이야기는 들었는데, 잠시 확인할 것이 있어서 다녀오느라 조금 늦었습니다. 은재랑 미선이 담임 최

준식이라고 합니다.

은재 아버지와 미선이 엄마도 준식을 향해 가볍게 인사했지만, 미선이 엄마의 표정은 여전히 굳어 있었다. 준식을 바라보는 얼굴에는 교사의 권위에 대한 신뢰와 믿음보다는 조소 섞인 경멸과 비아냥도 묻어나는 듯했다. '이런 일 하나 처리 못 하는 당신이 우리 딸의 교사라는 게 믿기지 않는다'는 듯한 표정이었다. 그러나 준식은 내색하지 않고, 이야기를 이어 나갔다.

-제가 어제 있었던 일에 대해서 설명을 잠시 드리도록 하겠습니다.

교장선생님은 준식에게 그만하라고 손짓했지만, 준식은 아랑곳하지 않았다. 손사래를 치는 교장선생님을 흘깃 바라보는가 싶더니 손을 들어 저지한 뒤, 준비해두었던 이야기를 이어 나갔다.

-아이들에게 자초지종을 물어보고 왔습니다. 혹시나 제가 잘못 알고 있는 게 있을 수도 있을 것 같아서요. 며칠 전 쉬는 시간에 은재가 쉬는 시간에 딱지를 사왔다고 합니다. 그걸 알게 된 미선이가 선생님한테 이르겠다고 이야기를 했다고 해요. 은재는 하지 말라고 이야기했고, 거기에서 다툼이 좀 있었던 모양입니다.
-그거 보세요, 선생님. 잘못한 걸 갖고 잘못했으니 이르겠다고 한 건데, 그걸 갖고 여자애 배를 때리면 어떡합니까?

미선이 엄마가 언성을 높이며 소리쳤다. 그런 미선이 엄마의 얼굴을 바라보며 준식이 이야기를 했다.

-맞습니다, 어머님. 은재가 실수한 건 분명히 있었고, 거기에 대해서는 저도 충분히 지도하겠습니다. 또 은재 아버님도 가정에서 각별히 신경을 써주시기를 부탁드리겠습니다. 그런데, 그때 미선이가 실수를 한 게 하나 있었는데요. 은재에게 '혹시 너희 엄마가 아프리카에서 온 흑인이냐?'라고 이야기를 했답니다.
-그게 무슨 소리예요?
-은재 어머님이 필리핀에서 한국으로 시집오신 분입니다. 다문화 가정이지요. 저희 학교 전체에 다문화 가정에서 자란 학생이 두 명 있습니다. 은재하고, 또 다른 여학생이 한 명 있습니다. 아이들이야 다 같은 반 친구들인데다 아직은 어려서 잘 모르겠지만, 정작 당사자는 양가 부모님 중 한 분이 외국 분이라는 것에 대해서 굉장히 민감하게 받아들일 수도 있습니다. 그 부분에 대해서 미선이가 실수한 것 같아요. 은재가 실수한 것도 맞지만, 앞서 그런 문제가 좀 있었습니다.

미선이 엄마는 무척 당황스러운 표정으로 가만히 준식의 말을 듣고 있었다.

-은재가 아직 한국말이 서툴다 보니 수업 시간에 원활하게 참석하기가 어려운 것도 사실입니다. 물론 그런 것들이 문제가 되진 않습니다. 아직 어린 학생이고, 그렇다 보니 본인이 얼마나 노력하느냐에 따라서

나중의 결괏값도 달라지니까요. 제 입장에서는 학생 하나하나가 최선을 다해 노력하고 분발할 수 있도록 계속해서 마음을 이끌어주는 게 최선의 방법이라고 생각합니다. 본인도 노력하겠지만, 주변에서도 많이 도와주어야 하고요. 미선이가 알고 그런 건 아니겠지만, 은재 입장에서도 충분히 상처가 될 수 있지 않았겠습니까? 어쨌거나 이번 일에서는 은재도 충분히 반성하고 있고 자신의 실수를 번복하지 않겠다고 약속했으니, 어머님도 노여움을 푸시지요. 저는 제가 가르치고 있는 학생 어느 누구도 함부로 대하지 않습니다. 이번 일을 통해 두 친구 모두 많은 것들을 배우게 되었으리라 생각합니다.

미선이 엄마는 아무 말도 하지 않았지만, 앙 다문 입술과 초조해 보이는 눈빛에서 자신의 딸이 올바른 행동을 하지 않았다는 사실에 꽤나 큰 충격을 받은 듯 보였다. 그러다 "우리 애도 잘한 건 없지요."라고 이야기하며 종종걸음으로 미선이의 손을 잡고 교무실 밖으로 나가 버렸는데, 그러는 동안에도 은재의 아버지는 아무 말씀도 하지 않았다. 그저 한참 동안 아무 말 없이 은재의 손을 꼭 잡고 있었을 뿐이었다. 이후에 준식의 인도를 받아서 교실 앞에 다다른 아빠는 은재를 꼭 끌어안아 준 뒤, 교실 뒷문으로 슬쩍 밀어넣었다. 엉덩이를 톡톡 두들기는 아버지의 손길이 은재의 마음을 울적하게 만들었다.

교실은 조용했다. 아이들은 은재를 쳐다보며 소곤소곤거렸다. '김은재 화이팅!' 하고 속삭이는 녀석들도 있었다. 은재는 먼지나 공기가 되어 사라지고픈 마음이었다.

선생님이 들어오셨다. 수업 종이 울리고 한참이나 지난 후였다. 은재는 차마 고개를 들고 선생님의 눈을 마주칠 수 없었다. 그때 선생님이 은재를 불렀다.

-어? 잘생김은재 어디 있지?

아이들이 기다렸다는 듯이 은재를 가리키며 돌아보았다. 선생님은 이제야 찾았다는 듯 안도의 한숨을 내쉬며, 굳은 얼굴로 자신을 바라보고 있는 은재에게 이야기했다.

-아니, 은재는 왜 그렇게 인상을 쓰고 있어? 이거, 못생김은재로 이름을 바꿔야겠는데?

선생님의 이야기가 끝나자마자 아이들이 와, 하고 웃음을 터뜨렸다. 선생님은 은재를 바라보며 활짝 웃고 있었다. 그 미소가 너무 아름다워서, 은재는 선생님의 품에 안겨 엉엉 울고 싶었다.

아이들은 잠자코 선생님의 다음 말을 기다렸다. 선생님은 손가락으로 흘러내린 머리카락을 위로 쓸어올리며 아이들을 찬찬히 둘러보았다. 선생님의 맑은 눈에 비친 아이들의 모습이 작은 나뭇잎처럼 흔들렸다. 이윽고 선생님이 입을 열었다.

-살다 보면 크고 작은 문제들이 항상 발생해. 그런 문제들로 어려움을 당하는 사람들도 있지. 중요한 것은, 그런 어려움이 닥쳤을 때 어떻게 문제를 바라보느냐야. 해결되지 않을 문제라고 생각하면 그 문제는 계속 어렵고 풀리지 않은 어려움으로 남겠지만, 조금만 생각해보면 쉽게 풀리는, 사실 별 볼 일 없는 일이라는 것을 알게 될 거야.

가만히 앉아 이야기를 듣고 있는 아이들을 향해 선생님이 엄숙하게 이야기했다.

-너무 심각하게 생각하지 않는 습관 가지기! 우리 모두의 숙제다, 제군들이여!

이야기를 마친 준식이 은재를 향해 찡긋 윙크를 보냈다. 아이들은 아무런 대답이 없었다. 어린아이들이 듣고 이해하기엔 확실히 어려운 이야기였기 때문이다. 하지만 아이들은 알고 있었다. 선생님은 은재의 잘못에 대해 전혀 문제 삼지 않고 있으며, 야단을 치거나 호되게 매질할 마음이 없다는 것을. 그리고 이 순간, 은재의 마음에 작은 변화가 일어나기 시작했다. 어른이 된다는 것은 누군가의 마음에 소망을 줄 수도 있으며, 반짝이는 별과 같은 행복을 전해주는 존재가 될 수도 있다는 사실을, 은재는 선생님의 그림자를 통해 조금씩 깨달아가고 있었다.

06

돈

은재가 봐온 어른의 세계는 늘 어둡고 침침했다. 그리고 그게 당연한 거라고 은재는 생각했다. 마치 늦가을 저녁 어두운 방 안에서 홀로 앉아 어둑어둑해지는 창문을 물끄러미 바라보면서 말없이 외로움을 감추던 7살 무렵 어느 때처럼, 은재의 10살 인생 속에는 말할 수 없는 슬픔만이 가득했다.

－저거 마누라 도망 가삐고 애비가 마이 애빗따. 잠도 잘 몬자고, 밤마다 그래 운다 아이가. 머머머, 돈이사 있다가도 없는 긴데, 뭐 우야겠노… 오야오야. 조용할 때 오니라. 내 걱정은 하지 마고, 박서방이랑 은주나 잘 챙기라마. 오야, 끊는다이.

고모를 처음 본 것은 엄마가 사라진 후 며칠 지나지 않은 어느 날이었다. 서울에서 작은 식당을 하고 있다는 고모는 은재를 보자마자 끌어안고 울었다.

－우리 은재 인제 우야노… 우야노…

약간은 처진 눈매와 뭉툭한 콧등이 아빠와 닮은 고모는 사람들에게 푸근한 인상을 주는 분이었다. 하지만 고모를 마주한 기억은 별로 없었던 은재는 자신을 끌어안고 우는 고모가 퍽 어색하게만 느껴졌다. 눈물을 쏟으며 은재를 끌어안는 고모의 얼굴, 과자를 달라고 떼를 쓰다가 눈이 마주친 사촌 동생 은주의 불평 가득한 표정, 그리고 할머니의 한숨 소리. 모든 것이 낯설어서, 은재는 눈물은커녕 멀뚱멀뚱 서 있었다. 그리고 그날 밤, 은재는 자다가 일어나서 심하게 토악질을 했다. 저녁 식사로 먹은 짜장면 때문에 급체한 것이었다. 아빠, 은주, 할머니, 그리고 고모가 모두 놀라서 은재에게로 뛰어왔다.

거기에 엄마는 없었다.

아버지가 토사물이 묻은 은재의 옷을 벗기고 씻겨주는 동안, 은재는 하염없이 울었다. 세상에 혼자 떨어진 것만 같은 슬픔이 은재의 마음에 맺혀 있었던 탓이었다. 자다가 일어났는데 곁에 엄마가 없다는 것이 이토록 힘든 일인 줄 몰랐기에, 은재는 울기만 했다. 아빠는 아무 말 없이 은재의 등을 두들겨 주었다. 등을 두들겨 주는 아빠의 손에도 슬픔이 묻어났다. 울음을 그칠 수가 없었다.

　-오빠는 인제 우엘라꼬?
　-…
　-언니야는 연락이 아예 안 되는가베.

-그렇지 뭐.

-필리핀에 한번 다녀와야 안 되겠나? 찾는 시늉이라도 해봐야지. 가
만히 있으면 뭐, 답이 나오겠나…

-야야 됐다. 고마 해라.

-엄마는 뭘 또.

-고마 시끄럽다. 아 듣는다. 먹고 이야기하자.

눈물이 떨어질 것 같아서, 은재는 고개를 숙이고 먹었다. 면발 위로
눈물 방울이 툭, 하고 떨어졌다. 끊어지지 않는 면발은 은재로 하여금
쉼 없이 젓가락질하게 만들었다. 고개를 숙인 채, 눈물을 닦을 겨를도
없이, 은재는 짜장면을 먹었다. 급체한 것도 전혀 이상한 일은 아니었
던 것이다.

그 뒤로 고모는 종종 은재의 집을 방문했다. 고모가 오는 날이면 은
재는 괜히 기분이 들뜨곤 했다. 고모가 올 때마다 항상 맛있는 과자와
장난감을 선물로 사들고 왔기 때문이다.

-아이고, 우리 은재 잘 있었나?

고모는 은재를 꼭 끌어안아 주곤 했다. 그런 고모가 싫지 않았지만,
고모의 몸에서 나는 생선냄새 때문에 얼굴이 조금 찡그려지는 것은
어쩔 수 없었다. 은재는 아프도록 자신을 껴안고 있던 고모의 품에서

벗어나자마자 방으로 뛰어들어갔다. 생선비린내를 피하고 싶어서였다. 그런 은재의 마음을 아는지 모르는지, 고모는 "은재 쑥스럽나? 고몬데 뭐 어떻노?" 하고 웃어넘겼다.

고모가 온 날은 집안에 생기가 돌았다. 인공적인 빛으로 누가 밝은 분위기를 연출해내는 것도 아닌데, 밝은 성격을 가진 고모가 집에 있다는 것만으로도 활기가 돌았다. 게다가 고모가 오면, 그날 저녁은 무척 풍성한 식사가 준비되었다. 두툼한 고등어가 노릇노릇하게 구워져서 밥상 위에 올랐고, 된장찌개에는 새하얀 두부와 큼직하게 썬 소고기가 고소한 향을 풍겼다. 고소한 계란말이, 아삭한 김치, 참기름으로 버무리고 깨를 뿌린 시금치도 함께 밥상 위에 올랐다. 평소 가볍게만 느껴지던 밥상이 그렇게 풍성할 수 없었다.

　-기사들이 많이 온다 아이가. 반찬이 부실하면 기사들도 안 온다. 그
　양반들은 밥심으로 일하는 사람들인데.

양반, 밥심. 은재에게는 어색한 단어들이었다. 어른들의 대화란 그런 것이구나, 하고 생각할 따름이었다.

　-장사는 잘 되나?
　-동네 장사 아이가. 단골도 좀 생기고 하니까 그냥 적당히 먹고 살지.
　-그래, 뭐 밥만 먹고 살면 안 되겠나.

어른들의 대화는 늘 그렇게 이어졌다.

그리고 밤이 되면, 약속이라도 한 듯 돈 이야기가 흘러나왔다.

돈.

돈이란 건 무엇일까.

아무 생각 없이 받는 용돈 천 원도 돈이었고, 팽이와 지우개를 갖기 위해서 지불해야 하는 것도 돈이었다. 지우개 따먹기, 딱지 따먹기를 통해서 얻는 것은 승리를 향한 쾌감에 그치는 것이 아니었다. 남들보다 조금 더 많은 지우개를, 남들보다 더 많은 딱지를 갖기 위한 투쟁 끝에 찾아오는 예리한 만족감이었다. 어른이 된 어린아이들에게 지우개와 딱지는 필요 없을지 몰라도, 돈은 필요하다. 결국 지우개와 딱지라는 녀석들도 알게 모르게 돈이라는 이름으로 교묘하게 둔갑한 것일 뿐이었다. 지긋지긋하게도 아빠와 엄마를 괴롭힌 그것은 바로 돈이라는 녀석이었다.

돈이란 그런 것이었다. 가까이 두고 싶어도 멀리 도망가버리는 돈은 결코 쉽게 은재의 가족에게 다가올 생각을 하지 않았다. 아침 일찍 일터에 나가서 밤늦게 집에 들어오는 아빠를 생각하다 보면, 은재는 때때로 잠이 오지 않았다. 은재는 이제 겨우 10살이었다. 경제 관념이라는 걸 생각할 만한 나이도 아니었지만, 아빠만 생각하면 가슴 한켠이 아려옴을 느꼈다. 결국은 돈을 벌기 위해서 일을 하는 게 아니었던

가. 돈이란 녀석 때문에 엄마가 도망가고, 아빠가 이른 아침부터 밤늦게까지 일을 하고, 할머니는 꺼지지 않는 텔레비전을 켜놓고 졸면서 아빠를 기다리지 않던가. 이 모든 것들이 결국은 돈 때문이었다.

엄마가 우리를 두고 떠난 것도 결국 돈 때문이구나.

은재는 어떻게 해야 돈을 많이 벌 수 있을지 생각했다.

딱지치기처럼 많이 연구하고, 노력하고, 집중하면 돈을 많이 벌 수 있지 않을까?

하지만 뾰족한 방법이 떠오르지 않았다.

가방에 수북하게 쌓인 딱지들이 생각났다. 저 딱지들이 모두 돈이었다면, 엄마에게 당당하게 꺼내 줄 수 있을 텐데. 그럴 수만 있다면 이런 슬픔과 아픔도 더 이상 아빠와 엄마 사이에 찾아오지 못할 텐데. 은재가 자리에 누워서 이런저런 생각을 하는 동안, 닫힌 방문 사이로 고모의 목소리가 커지고 있었다.

-엄마가 카데. 얼마나 날린 기고?

-모르겠다. 대충 봐서는 한 오천 되는 모양이다.

-하이고마… 도박했나?

-도박은 아인데, 매나 도박이나 비슷한 거겠지. 동네에 필리핀 여자들이 몇몇 돌아다니는데, 그 무리랑 어울리가 이것저것 한 모양이드라. 그 주식 같은 거 안 있나. 선물이니, 옵션이니 캐싸트만. 나도 모르겠다.

-미친년 아이가! 거 고마 놔뒀나? 확 직이뿌지!

-아이다. 지딴에도 아버지 수술비 좀 벌어 볼끼라고 여기저기 일자리도 알아보고, 마이 그랬다. 재수 없게 걸린 기제. 지가 뭐 알고 일부러 그랬겠나. 한국말도 아직 서투르고 그런데, 딴에는 잘 해보겠다고 하다가 그래 된 거겠지.

-아이, 돈 오천만 원이 아 이름도 아이고, 어디 낯짝 시퍼런 여편네가 밥 처먹고 할 짓 없어가 도박판을 돌아댕기노? 미친게이 아인가베!

-아들 잔다, 고마 해라.

고모는 단단히 화가 난 모양이었다.

은재는 방문을 살짝 열었다. 그 순간 문에서 끼익 하는 소리가 났고, 그 소리를 들은 고모와 눈이 마주쳤다. 왜 하필 방문을 열 때마다 끼익, 하는 소리가 나는 건지. 은재는 한숨도 자지 못했지만, 졸린 척 눈을 비비며 고모 곁으로 다가갔다. 불쾌한 얼굴을 한 고모는 웃는 얼굴로 은재를 향해 손짓했다.

-은재 안 잤나? 아이고, 고모가 시끄럽게 했제?

고모의 눈은 붉게 충혈되어 있었다.

-고모하고 아빠하고 이야기한다고 하다 보이 목소리가 커져삣네. 고모가 미안타.

고모는 주섬주섬 주머니를 뒤적거리더니, 흰 봉투를 하나 꺼냈다.
니는 아한테 뭔 봉투를 다 주노, 하고 극구 말리는 아빠의 손을 탁 뿌
리치더니 은재의 손에 꼭 쥐어 주었다.

　-고모가 은재 줄라고 따로 챙겨놨다. 이걸로 맛있는 거 사 먹고 친구
들이랑 사이좋게 지내거래이.
　-감사합니다.
　-그래그래, 얼렁 들어가 자그라. 내일 일찍 학교 가야제. 좋은 꿈 꾸래이.

　고모는 은재의 엉덩이를 톡톡 두들기고는 볼에 쪽, 하고 뽀뽀했다.
은재는 봉투를 꼭 쥐고 방으로 들어갔다. 그리고 아직 닫히지 않은 방
문 틈 사이로 들어오는 빛으로 봉투 안을 확인했다.

　든든한 지원군인 고모가 해준 아침밥은, 엄마가 해주던 밥보다 맛있
었다. 그래서였을까, 아침에 아빠의 얼굴을 마주하는 것도 즐거웠다.
아빠는 웃고 있었고, 한 번도 하지 않던 이야기도 했다.

　-그거 아나? 은재 낳고 내가 미역국을 끓였는데, 이 사람이 미역국을
못 먹는 거라. 엄청시리 비리다 카데.
　-안 먹던 사람이 먹으면 그럴 수 있제.
　-아이, 그게 아이고, 소금을 안 치고 간도 하나도 안 해서 미역맛만 막
나는 거라. 요리를 해 본 적이 있어야지.

-그라모 안 돼. 요새 남자들 요리 몬하면 장가도 못 가.

아빠를 타박하던 고모가 은재와 소연이의 엉덩이를 톡톡 두들기며 "은재는 나중에 요리 잘할끼야. 고모가 한번씩 와서 맛있는 것도 해주고 할 테니께." 하고 웃었다. 확실히 고모가 만든 미역국과 반찬들은 맛이 있었다. 고모가 와 있는 며칠 동안, 은재 가족 얼굴에는 웃음꽃이 떠나지 않았다.

고모가 다녀간 지도 벌써 3일이 지났다. 그 사이 은재의 황금딱지도 1개에서 3개로 늘어났다. 고모가 준 용돈 덕분에, 그토록 갖고 싶던 황금딱지도 2개나 더 가질 수 있었다. 봉투 안에는 은재가 한 번도 만져 보지 못한, 큰돈이 들어 있었던 것이다. 황금딱지가 3개나 있으니 은재는 딱지치기에 있어서도 두려울 게 없었다. 은재의 딱지치기 한 방에 대부분의 아이는 패배의 쓴 맛을 경험해야 했고, 그럴 때마다 은재의 주머니는 불룩해져만 갔다.

그러나 언젠가 가방과 주머니 속을 불룩 채우고 있던 딱지들을 하염없이 바라보다가, 은재는 모두 꺼내서 거실 바닥에 내팽개쳐버렸다. 도대체 이따위 것들이 무엇이길래, 은재의 마음을 그토록 애달프게 만드는 것인지. 이까짓 딱지 따위가 뭐길래. 가만히 서서 딱지를 한참 동안 노려보던 은재는, 가만히 딱지들을 주워서 얼굴에 부볐다. 엄마의 치마폭에 얼굴을 묻은 것처럼. 콧등이 시큰거리는가 싶더니, 이내 눈물이 쏟아졌다.

이 딱지들이 모두 돈이면 얼마나 좋을까. 엄마를 떠나가게 만들고, 아빠로 하여금 매일 밤마다 숨죽여 울게 만드는 그 원인이 돈이라면, 이 세상의 모든 딱지를 내가 다 딸 수도 있을 텐데.

엄마가 아빠와 소연이를 버려두고 도망가도록 만든 모든 요인이 돈 때문이라고 생각하면, 은재는 몹시도 마음이 아파왔다. 그럴 때마다 더 강하게 딱지치기를 했다. 은재의 패댁질 한 방에, 대부분의 딱지는 배를 뒤집었다. 아이들의 탄식 소리를 들을 때마다 은재는 속으로 쾌재를 불렀다. 두둑하게 쌓여만 가는 딱지들이, 엄마를 위한 선물로 느껴졌다. 엄마, 이제 내가 엄마를 지켜줄게. 보고 싶어, 엄마.

수업 종이 울렸는데도, 아이들은 딱지치기에 집중하느라 김효숙 선생님이 창 밖으로 아이들을 바라보고 있는 줄도 몰랐다. 무표정한 얼굴로 아이들을 바라보던 김효숙 선생님이 교실로 들어왔을 때에도, 아이들은 눈치채지 못했다. 허탈한 얼굴로 멍하니 은재의 뒤편을 바라보던 찬욱이 녀석의 얼굴이 새파랗게 질린 것을 발견한 뒤에야 비로소 은재도 뒤를 돌아보았고, 그제야 마지막 딱지를 향해 있던 승리의 시선을 거두어들였다.

-내놔.

은재는 딱지를 꼭 쥐었다.

-내놔.

김효숙 선생님은 무표정한 얼굴로 은재를 바라보고 있었다. 선생님이 내민 손이 무척이나 커 보였다. 은재는 딱지를 손에 꽉 쥐었다.

-죄송합니다.
-내놓으라고.

은재는 손에 쥐고 있던 딱지를 김효숙 선생님에게 내밀었다. 독수리가 먹이를 낚아채듯 은재의 손에 있던 대왕황금딱지를 움켜쥔 김효숙 선생님은, 그러나 은재를 뚫어져라 쳐다보며 다시 이야기했다.

-있는 거 다 내놔.
-이제 없어요.
-그럼 주머니에 있는 건 뭔데?

은재의 주머니에는 아이들에게서 따낸 딱지들이 들어 있었다. 불룩하다 못해 일부분이 주머니 밖으로 삐져나오기까지 한 딱지들이 그렇게 야속할 수가 없었다.

-친구들이랑 같이 한 거예요.
-내놔, 그것도.
-선생님, 잘못했어요. 한번만 봐주세요.
-내놓으라니까!
-선생님, 김은재 가방에도 딱지 많이 있어요! 딱지 다 가져가세요!
-맞아요! 김은재 가방 안에 딱지밖에 없어요!

제갈미선과 같이 다니는 여자아이들이 일제히 목소리를 높였다. 어떤 녀석은 "꼬시다, 김은재." 하고 이야기했고, 대놓고 "저런 걸 돈 주고 왜 사? 남자애들은 진짜 이해가 안 돼." 하고 이야기하는 무리도 있었다. 오직 수진이만이 그렇게 말하는 여자아이들을 째려보며 "야! 친구한테 그런 식으로 이야기하면 어떡하니?" 하고 은재를 거들 뿐이었다. 그마저도 아이들의 야유와 고자질에 묻혀서 잘 들리지 않았다.

누군가 은재의 가방을 들고 왔다. 그리고 김효숙 선생님 앞에 은재의 가방 속을 열어 보였다. 과연 은재의 가방 안에는 여자아이들의 고자질대로 딱지가 수북하게 들어 있었고, 부러진 연필과 지우개 가루, 먹다 남은 쫀드기가 비닐봉지에 담겨서 이리저리 나뒹굴고 있었다. 김효숙 선생님은 한심하다는 듯한 표정으로 고개를 절레절레 흔들며 은재의 가방에서 딱지만 골라서 꺼냈다. 손가락을 최대한 벌린 채 엄지와 검지만 이용해서 딱지를 꺼내는 김효숙 선생님의 모습을, 은재와 아이들은 가만히 바라보고 있었다. 은재에게 딱지를 잃은 아이들의 얼굴에는 고소해 죽겠다는 표정만이 가득했다.

-야, 너는 나중에 뭐가 되려고 맨날 딱지치기만 하고 있니? 정신이 있는 애야, 없는 애야? 너는 집에서 공부 안 하니?

고개 숙인 은재를 김효숙 선생님과 아이들이 물끄러미 바라보고 있었다. 은재는 부끄러웠다. 꽉 쥔 주먹에서 땀이 배나왔다.

-이건 압수야. 찾아갈 생각 마.

압수라는 단어가 익숙하지 않았지만, 더 이상 딱지들을 되찾을 수 없을 거라는 확신이 은재의 마음에 강하게 들었다. 은재의 입에서 약한 탄식 소리와 함께 "선생님…"하는 소리가 흘러나왔다. 하지만 김효숙 선생님의 표정에서는 아이들을 향한 사랑, 존중, 애틋한 마음이라곤 찾아볼 수 없었다. 안경 너머 은재를 바라보는 눈빛에는 엄격함과 냉정함 외에 그 어떤 일말의 변화도 찾아볼 수 없었다. 은재에게 딱지를 잃은 남자아이들과 일부 짓궂은 여자아이들은 고소하다는 표정으로 은재와 김효숙 선생님을 번갈아 쳐다보고 있었지만, 정작 은재는 어떻게 해야 할지 몰라서 가만히 그 장면을 지켜만 보고 있었다. 심장이 빠르게 뛰기 시작했고, 얼굴이 일그러졌다. 금방이라도 눈물이 쏟아질 것만 같았다.

그때였다.

앞문이 열리고 최준식, 아니, 선생님이 들어왔다. 김효숙 선생님이 고개를 까딱하며 아는 체를 했다. 고개를 숙이고 있는 은재와 김효숙 선생님을 번갈아보며 선생님이 이야기했다.

-무슨 일입니까?
-아, 네. 얘가 수업 시작 종이 울렸는데도 딱지치기를 하고 있더라고요.
-아, 그래요?
-네. 그래서 딱지를 압수하려고 하다 보니까, 가방에도 책은 전혀 없고 딱지만 잔뜩 있더라고요. 그래서 오늘 다 압수하고, 다시는 이런 일이 발생하지 않도록 하려고 합니다.
-압수요? 왜요?

대수롭지 않다는 듯한 선생님의 대꾸에 은재는 가슴이 철렁 내려앉는 기분을 느꼈다. 김효숙 선생님도 당황했는지, 잠시 말을 멈추었다. 그러다 '아무리 어린 학생이라도 자신이 잘못한 부분에 대한 분명한 책임을 져야 한다'고 이야기하며, "그래야 앞으로 이런 일이 안 생기죠."라고 이야기했다.

-책임을 어떻게 져야 한다는 말씀이신지요?

-압수한다고 방금 말씀드렸잖아요. 그게 책임을 지는 거죠.

-아 그래요? 그럼, 혹시 앞으로 아이들이 딱지를 안 치게 될 거라고 확신하실 수 있습니까?

선생님은 마치 전혀 모르고 있던 어떤 것에 대해 어른에게 질문하는 어린아이처럼 사뭇 궁금하다는 표정으로, 그러나 분명한 어조로 확신이라는 단어를 한 글자씩 천천히, 힘주어 이야기했다. 가만히 김효숙 선생님을 바라보는 선생님의 눈동자는 흔들리지 않았고, 입술은 굳게 닫혀 있었다.

-그건 모르죠.

-그럼 딱지를 압수하는 게 아무런 의미가 없지 않습니까? 내일 새로운 딱지를 사오면 그만인데요.

김효숙 선생님은 말문이 막힌다는 듯, 가만히 서서 선생님의 얼굴을 바라보았다. 손에는 은재의 대왕황금딱지와, 크고 작은 딱지들이 가득 들어 있는 은재의 가방이 힘없이 들려 있었다. 그런 김효숙 선생님을 정면으로 바라보면서 아무 말 없이 우두커니 서 있는 선생님은 거센 폭풍우에도 흔들리지 않을 태산처럼 거대하고 위대해 보였다.

김효숙 선생님이 입을 열었다.

-그럼 아이들이 수업 시간에 딱지치기를 하고 있는데 가만히 놔두라

는 말씀이신가요?

-아니죠. 아이들의 행동이 옳았다거나 잘했다고 말씀드리는 건 아닙니다. 잘못한 건 맞아요. 그 부분에 대해 교사로서 아이들이 올바른 길을 갈 수 있도록 지도한 것은 잘하신 겁니다. 아이들이 잘못한 부분에 대해 따끔하게 혼을 내고, 다시는 이런 일이 반복되지 않도록 주의를 주는 건 교사가 해야 할 일이니까요. 하지만 딱지를 압수하는 것은 별개의 문제입니다. 아이들이 딱지치기하는 건 그냥 자기들끼리 하는 놀이에 불과한 거잖아요. 그렇지 않은가요? 이 아이들이 어른들처럼 노름을 한 것도 아니고, 사기행각을 벌인 것도 아니고요. 이 녀석들이 엄청나게 큰 잘못을 저지른 것은 아니지 않습니까? 그저 재미있게 놀다 보니 종이 울리는 소리를 못 들은 것일 뿐인데, 그런 실수 때문에 딱지를 압수당하고 두 번 다시는 되찾을 생각도 해서는 안 된다면, 그건 너무 엄격한 처우 아닐까요? 그렇게까지 한다고 해서 아이들이 두 번 다시 오늘과 같은 실수를 반복하지 않는다는 보장이 어디 있으며, 자신들의 실수에 대한 책임을 진다고 볼 수 있습니까? 저는 절대 아니라고 생각하는데요.

-그럼 최 선생님은 어떻게 하는 게 좋은 방법이라고 생각하세요?

-제가 알아서 하겠습니다.

선생님의 대답은 단순했다. 김효숙 선생님은 무슨 이상한 소리를 하느냐는 듯한 표정으로 되물었다.

-딱지는요?

-저한테 주세요.

가벼운 탄식. 사실 한숨에 가까웠다. 고개를 절레절레 흔들며, 김효숙 선생님은 손에 쥔 딱지와 가방을 선생님에게 건네주었다. 그 순간 가방에 있던 딱지와 부러진 몽당연필, 쫀드기 부스러기가 바닥에 쏟아졌다. 김효숙 선생님이 애써 당황스러운 듯한 몸짓으로 허리를 굽히자, 선생님이 저지하며 이야기했다.

　-제가 할게요. 선생님 반으로 돌아가셔도 됩니다.
　-네, 그럼 수고하세요.

　김효숙 선생님이 나가는 것을 확인하고 난 뒤에야, 비로소 선생님은 은재의 가방에서 떨어진 딱지와 심지가 부러진 몽당연필, 쫀드기가 담긴 비닐봉지와 표지가 뜯겨나간 책과 아무렇게나 구겨진 공책을 가방에 넣었다. 선생님의 표정은 굳어 있었고, 수업이 끝나는 내내 아무런 말씀이 없었다. 그리고 수업이 끝나자, 선생님은 은재의 가방을 들고 나가버렸다. 은재에게는 눈길조차 주지 않았다.

　은재는 두려웠다.
　선생님이 호되게 혼을 내주었으면, 차라리 몽둥이로 몇 대 때려주었으면, 하고 생각했다. 그런 건 얼마든지 참을 수 있었다. 차라리 잘못에 대하여 혼이 나거나 매질을 당하는 게 더 마음 편한 일이라는 것을, 어린 은재도 알고 있었다. 그러나 선생님을 실망시키는 일만큼은 절대로 하고 싶지 않았다. 선생님을 실망시켰다는 생각 때문에, 은재는 침을 삼키는 것조차 힘들게 느껴졌다.

-실망이라는 것은 말이야, 내가 좋아하고 사랑하는 사람이 나를 사랑
하거나 좋아하지 않는다는 것을 알게 되었을 때 느끼는 마음이야. 혹
은 그런 사람이 내 마음을 아주 아프게 할 만큼 잘못된 행동을 했을 때
느끼는 마음이기도 하지. 그걸 실망이라고 하는 거란다.

언젠가 아빠에게서 들은, 실망이라는 단어에 대한 설명이었다.

-아들. 아빠는 엄마한테 실망했어. 그것도 아주 많이.

아빠가 은재에게 자주 이야기하던 말이었다. 은재도 그랬다. 은재
는 엄마에게 실망했다. 그립고 보고 싶은 엄마였지만, 아빠와 소연이
를 놔두고 멀리멀리 혼자만의 여행을 떠나버린 엄마가 그렇게 원망스
럽고, 또 실망스러울 수가 없었다. 그때부터 은재는, 실망이라는 단어
가 아주 무섭고 두려운 것이라고 생각했다. 실망이라는 단어는, 아빠
로 하여금 밤마다 술에 취하게 만들었고, 울게 만들었으며, 슬픈 눈을
가진 사람으로 만들어버렸기 때문이었다. 슬픈 눈으로 은재와 소연이
를 쓰다듬다가 꼭 끌어안아주는 아빠, 그보다 더 슬픈 눈으로 잠든 아
빠의 얼굴을 볼 때마다 '난 절대 아빠를 실망시키지 말아야지.' 하고,
은재는 다짐하곤 했다. 사랑하는 아빠를 위해서라도, 누군가를 실망시
키는 일 따위는 절대 하고 싶지 않았다. 그런데, 오늘 선생님을 실망시

144

켰을지도 모른다는 두려움이 은재의 마음을 어두컴컴한 흙빛으로 만들었다. 은재의 마음에는 '실망'이라는 두 단어로 가득 채워졌다.

"짜잔!"

화장실 문 뒤에 숨어 있던 선생님이 은재를 놀래키기 위하여 나타난 시간은, 은재가 마지막 수업을 마치고 집에 돌아가려던 무렵이었다. 그간 모은 딱지는 그렇다손 치더라도, 가방도 압수당한 채 집에 간다는 것은 은재에게 있을 수 없는 일이라고 생각했기에, 선생님의 그런 반응에 크게 놀라지도, 당황스럽지도 않았다. 선생님의 귀에는 들리지 않을 안도의 한숨을 내쉬며, 조심스레 고개 숙여 인사를 할 뿐이었다.

-잘생김은재, 가방 갖고 가야지.
-네.
-야. 뭐, 무슨 일 있냐? 잔뜩 풀이 죽어서는.

도무지 영문을 모르겠다는 듯, 선생님은 휘적휘적 앞장서서 복도를 걸어갔다. 문득 선생님이 뒤를 돌아보며 호통을 치지나 않을까, 은재는 내심 두려워하며 선생님의 뒤를 따라갔다. 얼마간 앞장서서 걷던 선생님은 갑자기 멈춰서서 뒤따라 걸어오던 은재를 날카롭게 노려보더니, 일순간 엉거주춤한 자세로 서서 옆구리에서 손가락 총을 꺼내 은재를 향해 겨누고는 외쳤다.

-빠방!

그리고는 다시 아무 일도 없다는 듯 휘적휘적 교무실로 걸어갔다.

교무실 문이 열리고, 선생님은 자신의 책상 앞으로 향했다. 은재도 주춤주춤 따라 들어갔다. 선생님의 책상은 깔끔했고, 두꺼운 책이 몇 권 꽂혀 있었다.

의자에 앉아서 책상 서랍을 뒤적거리던 선생님은 콧노래를 흥얼거리며 서랍 속에서 무엇인가를 꺼냈다. 그리고 젤리와 과자가 든 작은 박스를 은재에게 건넸다. 은재는 상자를 받아들고 선생님의 눈을 가만히 바라보았다. 선생님은 무슨 말씀을 하고 싶으신 걸까.

가만히 서서 약하게 어깨를 떨고 있는 은재의 손에 과자 상자와 딱지가 든 가방을 건네주는 동안, 선생님은 아무 말씀도 하지 않았다. 은재는 가만히 서서 선생님의 얼굴을 바라보았다. 그런 은재의 얼굴을 바라보던 선생님은, 조용히 미소 지으며 은재의 머리를 쓰다듬었다. 그뿐이었다.

어떻게 반응하는 게 옳은 행동인지 몰라서, 은재는 다소 상기된 표정으로 가만히 서 있었다. 아무 말씀도 하지 않고 그저 미소 띤 얼굴로 은재를 바라보던 선생님은 "오늘도 수고했다. 내일 보자, 은재야." 하고 인사해 주었다.

-가도 되요?

-그럼. 가도 되지.

-안녕히 계세요.

고개를 까딱하며 인사하고 뒤돌아서서 나가려는데, 선생님이 은재를 불렀다.

-어이, 김은재.

은재는 가슴이 쿵 내려앉는 듯했으나, 가까스로 몸을 돌려 선생님을 바라보았다.

-네?

-대머리 깎아라.

-아, 네.

멋쩍게 웃는 은재를 향해 선생님은 호탕하게 웃으며 손을 흔들어주었다.

은재는 새 필통과 연필, 테이프로 붙인 공책과 책이 딱지와 함께 들어 있는 가방을 메고 서둘러 교문 밖을 빠져나갔다. 손에 쥔 박스 안에서 과자와 젤리가 덜그럭거리는 소리가 들렸다.

07

ㅐ

-우리 엄마가 그러는데, 세상에는 공부보다 중요한 게 더 많대. 진짜 친구를 사귀는 거랑, 인생에서 의미 있는 일을 하는 게 공부보다 더 중요하다고 했어.

수진이가 은재의 손을 잡고 학교로 가며 이야기했다.

-의미 있는 일? 그게 뭔데?
-나도 몰라. 의미 있는 일이 뭐냐고 물어보니까, 공부 잘하는 것보다 훨씬 중요한 거래.
-아, 그래.
-아빠도 그랬어. 우리가 학생이라서 학교에 가는 게 아니래. 뭐, 뭘 위해서? 하여튼 뭘 위해서 학교에 가는 거래.
-그 뭐가 뭔데?
-아, 공책에 적어놨는데, 잠시만.

수진이는 가방에서 작은 수첩을 꺼냈다. 그리고 잠시 뒤적거리더니, 이윽고 적어둔 메모를 찾은 듯 책을 읽듯이 메모를 읽어주었다.

-풍요롭게 만들기 위해서.

-풍요? 풍요가 뭐야?

-더 좋아지는 거래.

아빠라면 자세히 설명해 줄 텐데. 은재는 속으로 생각했다.

  -우리 아빠는 내가 아주 어릴 때부터 자기 전에 책을 읽어줬대. 그래서 어릴 때 내가 말도 잘하고 아주 똑똑했대.

  은재의 눈에도 수진이는 영리한 아이로 느껴졌다. 은재는 그런 수진이가 좋았다. 은재는 한번도 수진이에게서 '외국에서 온 아이'라던지 '엄마 없는 아이'와 같은 말을 들어보지 못했다. 수진이는 아주 친절했고, 착한 친구였다.

  -엄마랑 아빠가 그러는데, 사람은 모두 똑같대. 저 멀리 미국에 이모랑 이모부가 사시는데, 영어도 엄청 잘하고 돈도 엄청 많이 버신대. 근데 이모부는 머리가 쌔카만데도 노랑머리 아저씨, 아줌마들이랑 같이 산대. 노랑머리 아저씨랑 아줌마도 똑같대. 진짜 놀랐어.

  어떤 게 똑같다는 거야? 하고 물었지만, 은재도 어렴풋이나마 수진이의 말을 이해할 수 있을 것 같았다.

149

-있잖아. 노랑머리 아저씨, 아줌마들도 우리랑 같은 사람이래.

흡사 주변 사람들이 알아서는 안 되는 비밀을 이야기하듯이, 수진이는 눈을 크게 뜨고 은재를 바라보며 이야기했다.

은재와 수진이가 학교로 가는 길에 빈 공터에 먼지 묻은 옷을 입은 아저씨들이 고철 드럼통 주위에 모여 앉아 있었다. 그중 한 명이 코를 훌쩍거리더니 카악, 퉤 하고 아무렇게나 침을 뱉었다. 누런 콧물과 가래가 뒤섞여 먼지 가득한 바닥에 떨어진 그 더러운 액체는, 발길로 뿌옇게 먼지를 일으키는 아저씨의 발길질에 어디론가 묻혀 흔적도 없이 사라져버렸다.

-아저씨, 안녕하세요.

그런 아저씨의 모습이 무척 더럽다고 생각하고 있는데, 수진이는 고개가 땅에 닿을 정도로 숙이며 쾌활하게 인사를 했다. 손등으로 콧물을 닦던 아저씨가 수진이를 보며 환하게 웃었다.

-어, 그래. 학교 가나?
-네.

아저씨는 수진이를 향해 환하게 웃어주었다. 얼굴 주위에는 둥그런 자국이 패여 있었다. 마스크 자국 같았다. 드럼통 주위에 앉아 불을 쬐던 아저씨들이 은재와 수진이를 보며 웃어주었다. 은재는 그 아저씨들의 모습을 한참 동안 바라보다가, 이윽고 어색해져서 황급히 눈길을 돌렸다.

은재의 가방에는 딱지가 없었다. 혼이라도 날까 싶어 아빠와 할머니에겐 이야기하진 않았지만, 딱지를 가져가지 않는 게 옳은 행동이라고 은재는 생각했기 때문이다. 선생님이 자신에게 실망하는 모습을 본다는 것을, 은재는 견딜 수 없을 것 같았다. 가방에는 선생님이 테이프로 정성스레 붙인 공책과 책, 그리고 숙제가 있었다.

-학교에서 별일 없었나?
-네.

아빠가 가방을 검사하지나 않을까, 아침부터 은재는 조마조마했다. 밥을 먹으면서도, 은재의 눈길은 연신 가방을 향해 있었다.

-그래, 학교에서 무슨 일 생기면 아빠한테 이야기하고. 잘 다녀온나.
-아야, 한술 뜨고 가지 그냥 가노?

방에서 나오신 할머니가 아침 일찍 집을 나서는 아빠의 등 뒤에 대고 이야기했다.

-아침부터 작업이 있슴더. 일찍 오께예. 먼저 식사하이소.

-조심히 댕기온나이.

-예.

아빠는 손을 들어 인사하며 문 밖으로 나갔다. 할머니는 대문 밖까지 나가서 멀어져가는 아빠의 모습을 한참 바라보다가 거실로 들어왔다. 은재가 기억하는 오늘 아침의 풍경이었다. 반찬은 계란장조림과 멸치, 그리고 김치였다.

-야, 김은재. 딱지 가져왔냐?

교실에 들어서자마자 찬욱이가 물었다. 뭔가 기대하는 눈빛이었다.

-아니.

-왜?

-그냥.

-아이씨, 나랑 딱지치기 할려고 어제 새로 산 황금딱지 갖고 왔는데. 왜 안 갖고 왔어?

-어, 미안.

찬욱이는 단단히 삐진 것 같았다.

-아빠가 쪽지시험 80점 맞았다고 용돈 줬단 말이야. 어제 황금딱지 사

서 너랑 대결하려고 했는데.

-야, 최찬욱! 오늘 아침에 너희 아빠 만났다!

-어? 어디서?

찬욱이는 수진이 말이 믿기지 않는다는 듯 눈을 동그랗게 뜨고 되물었다.

-학교 오는 길에 집 짓는 곳 있잖아. 다른 아저씨들이랑 거기 앉아 계시더라. 엄청 추우셨나 봐. 불 앞에 앉아 계셨어.

-아, 맞어. 얼마나 추운데!

-그래. 이따 집에 가면 아빠 이불 잘 덮어드려!

-어.

수진이가 은재의 손을 잡고 학교에 올 때마다 얼레리 꼴레리를 외치며 도망다니던 찬욱이는, 수진이 말이 옳아서였는지 당돌해서였는지는 모르겠지만, 아무런 대꾸도 하지 않았다. 은재가 이야기했다.

-이따 마치고 우리 집에 가자. 우리 집에서 딱지치기하면 되지.

-그래, 그러자.

마지못해 수긍하는 듯한 찬욱이 얼굴에는 왠지 모를 어색함이 묻어나왔다.

그때 수진이가 은재와 찬욱이를 보며 물었다.

－야, 근데 너네 어제 숙제 다 했어?
－아, 맞다!

찬욱이가 소리쳤다. 간단한 덧셈뺄셈 숙제였지만, 덧셈뺄셈 숙제는 찬욱이가 가장 어려워하는 것 중 하나였다. 한글을 잘 모르는 은재는 받아쓰기 숙제를 할 때마다 매번 할머니의 도움을 받아야 했지만, 덧셈뺄셈은 자신 있었다.

－받아쓰기 숙제는 친구들이랑 하고 온나. 내가 눈이 침침해가 글씨가 잘 안 보인다.

할머니의 목소리가 은재의 귓가에 맴돌았다.

－20분 남았어. 빨리 해!
－야, 나 좀 보여주라.

찬욱이가 다급하게 이야기했다. 하지만 수진이는 쌀쌀맞은 말투로 거절했다.

－야, 그러지 마. 선생님이 베낀 숙제는 내지 말라고 하셨어.

-아, 좀 보여줘. 혼나기 싫단 말이야.

은재는 어떻게 해야 할지 몰라 잠자코 그 상황을 지켜보고 있었다.

-안 돼. 선생님이 숙제 베끼는 건 나쁜 거라고 하셨어. 그냥 솔직하게
이야기해.
-에이씨 진짜 치사하게 구네, 안 봐!

찬욱이는 화를 내며 공책을 아무렇게나 가방에 쑤셔넣었다.

-내가 혼나면 다 네 책임이야!
-야, 그게 왜 내 책임이니? 숙제 안 한 건 네가 잘못한 거잖아.

찬욱이는 수진이를 째려보았다. 수진이도 지지 않고 찬욱이를 째려
보고 있었다. 하지만 이내 찬욱이가 고개를 돌렸다. 어린 마음에 자존
심은 상했지만, 자신의 잘못을 모르는 바 아니었기 때문이다. 아이들
의 대화가 으레 그렇듯, 하나둘 교실 안으로 들어오는 아이들 무리의
와자지껄한 소리에 그들의 아웅다웅하는 모습도 차츰 묻혀버렸다.

친절하고, 위트가 넘치며, 지혜로운 선생님이었지만, 아이들의 잘못
에 대해서는 결코 그냥 넘어가는 법이 없다는 것을 아이들도 알고 있
었다. 왕따 시키기, 숙제 베끼기는 물론이었거니와, 거짓말을 하는 아

이들에게도 가차 없이 불호령이 떨어졌다. 아이들도 이제 선생님에게 익숙해져 있었다. 선생님은 결코 아이들을 엄격함만으로 대하는 분이 아니라는 사실을 알고 있었기에, 어느 누구도 선생님의 권위에 반항하거나 대들 생각을 하지 않았다.

선생님이 부임하신 지 얼마 안 된 무렵이었으니, 아마 학기 초였을 것이다. 태훈이가 미처 숙제를 해오지 않아서, 아침에 학교에 오자마자 미숙이의 숙제를 베낀 적이 있었다. 은재는, 그때 처음으로 선생님의 화난 모습을 보았다. 선생님이 그렇게 화를 내는 모습을 본 적이 없었기에, 은재와 아이들은 깜짝 놀라서 아무 말도 못 하고 가만히 앉아 있었다. 선생님은 태훈이와 미숙이를 불러내서 큰소리로 혼냈다.

-숙제를 내준 이유가 뭔지도 모르는 녀석들 같으니라고! 너희들은 생각하는 방법을 배워야 해. 혼자 생각하고 답을 찾아가면서 만들어지는 사색의 단계가 있어. 지금부터 생각하는 연습을 해야 앞으로 너희들이 어른이 되었을 때 더 나은 세상을 만들 수 있는 기회가 생긴단 말이다. 그런데 고작 친구들의 숙제를 베껴서 온다면, 너희들은 생각해야 하는 이유도 모르고, 생각하는 기회도 갖지 못한 채 시간을 허비하는 거야! 남의 머릿속에 있는 지식, 그까짓 지식 따위 베껴서 내놓으면 그만이라고 생각하는 거야? 그렇다면 틀렸어! 차라리 숙제를 안 해 왔으면 안 해 왔다, 오늘 가서 다시 해오겠다 이야기하고 새로 배우면 되는 거 아니야! 친구들보다 뒤처지는 게 싫다는 생각! 남들 다 해오는 숙제를 혼자 안 해 왔으니 부끄러움 당할 거라는 생각! 그 얄팍한 생각 때문에

이렇게 잘못된 일을 저지른다면, 앞으로 너희들의 미래는 절대 발전도 없고 성장 가능성도 없어, 이놈들아!

아이들이 펑펑 눈물을 흘리고 나서야 선생님의 강한 호통 소리도 끝이 났다. 그리고 잔뜩 혼이 나서 풀이 죽은 아이들에게, 선생님은 책상 서랍에서 초콜릿이 듬뿍 얹혀진 비스킷을 한 상자씩 손에 쥐어 주곤 자리로 돌아가게 했다. 아이들은 눈물을 닦으면서도 손에 쥔 비스킷 상자는 놓치지 않고 꼭 쥐고 있었다.

그렇게 혼쭐이 난 뒤에도 코흘리개 꼬마 아이들 모두가 제때 숙제를 해올 리는 만무했다. 안 해 오는 녀석들은 계속 안 해 왔다. 그럼에도 은재는, 숙제를 해오지 않는 아이들에게 큰소리로 야단을 치거나 혼을 내는 선생님의 모습은 한 번도 보지 못했다. 숙제를 해오지 않은 녀석들은 초코쿠키를 먹으면서 선생님과 같이 글자 쓰기 연습을 하거나 덧셈뺄셈 공부를 했다. 때로는 교실에서, 때로는 흐드러지게 예쁜 꽃이 핀 화단에서, 때로는 학교 앞 분식집에서.

-선생님은 너희들과 같이 배우는 사람이란다. 가르치기만 하는 사람이 아니야.

아이들에게 늘 하시던 말씀이었다.

-숙제 안 해 온 사람?

선생님의 질문에 교실은 쥐 죽은 듯 조용했다. 순미가 찬욱이의 옆구리를 찌르자 그제야 찬욱이가 슬그머니 손을 들었다.

-아, 그래. 또 없나? 없으면 됐고.

선생님은 아무렇지 않게 수업을 시작했다.
선생님의 그런 모습이 아이들은 낯설지 않았다. 선생님은 마치 길을 걷다가 발견한 낙엽이 가을바람에 이리저리 휘날리다가 마침 근처에 있던 하수구에 슬그머니 빠지는 장면을 목격한 것처럼, 숙제를 해오지 않은 아이들의 연약함을 대수롭지 않게 대했다. '숙제를 해오지 않은 것은 순전히 가정교육의 문제이며, 무엇보다 선생님과의 약속을 어긴 것이므로 그에 합당한 체벌이 필요하다.'고 목에 핏대를 세우며 이야기하던 여느 선생님들과는 확연히 다른 모습이었다.

수업을 시작하기 전 선생님이 아이들을 둘러봤다. 선생님의 미소 띤 얼굴에는 아이들의 마음을 포근하게 할 만한 깊은 편안함이 그대로 묻어났다.
"있잖아." 선생님이 아이들의 눈을 하나하나 바라보며 이야기했다.

-어제 읽은 책에 좋은 내용이 하나 있어서 너희들한테 읽어주고 싶네.

그리고 선생님은 은재가 선생님의 책상 위에서 봤음직한 두꺼운 책을 집어 들었다. 그리고 어느 페이지를 펼친 뒤, 잠시 '크음' 하는 소리를 내며 목소리를 가다듬은 뒤, 그 구절을 읽기 시작했다.

-밤이 새도록, 그리고 새벽에도, 배는 목적지를 향해 나아갔다.(Odyssey 2:434, Homer)
-무슨 말이에요 선생님?

미선이가 물었다. 은재는 미선이가 밥을 먹을 때나 중요한 일-그래봤자 "자리 배정할 때 진혁이랑 짝이 되지 않게 해주세요." 하는 식이었지만, 어쨌든-이 있을 때 골똘히 생각하는 모습을 봐왔던 터라 그 질문이 미선이에게 퍽 어울리는 질문이라고 내심 생각했다.

-아주 오래전에 쓰여진 책에 나오는 내용이란다. 《오디세이아 Odyssey》라는 책이지.

선생님은 수군거리는 아이들을 둘러보며 이야기했다.

-이 책은 아주 오래전에 쓰여진 책이란다. 선생님과 너희들의 부모님이 태어나시기 훨씬 이전에 쓰여진 책이지. 이 이야기가 오랫동안 사람들에게서 전해져 내려온 이유가 있을 거야. 그 이유가 뭔지 한번 이야기해볼 사람?

-재밌어서요.

혜민이가 이야기했다.

-그렇지. 재미있어서야. 그런데 단지 재미있기만 해서 그렇게 오랜 세월 동안 책이 전해져 내려올 수 있었을까?

아이들이 가만히 있었다. 그런 아이들을 묵묵히 바라보던 선생님이 미소를 지으며 이야기를 이어 나가셨다.

-나는 우리가 알지 못하는 다른 어떤 이유가 있었을 거라고 생각해.

선생님이 또박또박하게, 단어 하나하나를 곱씹으며 이야기했다.

-어떤 거요?
-음, 딱 꼬집어 말하기는 어려운데, 작은 믿음의 힘에 대해서 이야기해 주고 있기 때문이 아닐까 싶어.

아이들은 선생님이 하시는 말씀이 무슨 말인지 몰라 고개를 가우뚱거리며 앉아 있었다. 선생님이 이야기했다.

-아까 선생님이 읽은 부분은, 주인공의 아들이 배를 타고 아버지를 찾

으러 가는 장면이란다. 바다로 떠난 배는 매일 수많은 문제를 만나. 어떤 날에는 금방이라도 배를 뒤엎을 듯이 넘실거리는 파도를 만나는가 하면, 어떤 날에는 드센 기세로 배를 공격하는 폭풍우를 만나기도 하지. 주인공의 아들은 파도가 두렵지 않았을까? 저 파도를 어떻게 넘어가지? 폭풍우는? 이러다 아버지를 만나지도 못하고 죽는 것은 아닐까? 그런데 신기한 것은, 이 배는 결코 멈추는 법이 없어. 밤이 되어도, 새벽이 되어도, 그저 묵묵히 앞으로 나아가지. 그렇게 많은 우여곡절 끝에, 결국은 아버지를 만나는 장면이 나와.

선생님은 이야기를 이어 나갔다.

-어쩌면 우리는 그 책 속에 등장하는 아들이 배를 타고 나아가는 이야기처럼, 살면서 많은 문제들을 만날지도 몰라. 그때, 가장 정확한 길로 가는 방법은, 끊임없이 주위를 둘러보면서 내가 가는 길이 어긋난 길이 아닌지 계속 확인하면서 가는 거야. 누구나 잘못된 선택을 할 수 있으니까. 그런 선택에 앞서서 나를 돌아볼 수 있는 기회를 갖는 것, 또 올바른 선택을 할 수 있도록 나를 이끌어주는 사람들을 주변에 많이 만들어 두는 것이 아주 중요해. 혼자서는 무엇을 안다고 해도 올바른 방향이 아닐 수가 있거든. 그리고 무엇보다 중요한 건 꾸준히 앞으로 나아가는 거지.

수업을 마치고 집에 도착하기까지 은재는 선생님의 말씀을 계속해서 생각하기 시작했다. 올바른 선택을 할 수 있도록 나를 이끌어주는

사람들을 주변에 많이 둔다는 게 무슨 의미인지 은재는 고민했다. 퍽
어려운 이야기였기에, 금방 이해가 되지도 않았다.

그날 밤, 아버지가 죽었다.

08

사과

-아빠가 항상 옳은 사람은 아니지만, 아빠가 항상 잘해 왔다고도 할 수 없고 너희들에게 좋은 모습만을 보여주었다고도 생각하지 않지만…

숨을 돌린, 어쩌면 눈물을 삼켰을지도 모를 아빠가 은재와 소연이를 앞에 두고 천천히 이야기를 이어 가던 그날 밤은 엄마가 떠난 날이었다. 아빠가 이야기를 잇기까지 얼마간의 시간이 걸리는지 은재는 속으로 세고 있었다. 언제쯤 이 고통이 끝날까, 산다는 건 원래 이렇게 힘든 것일까, 라는 생각을 하며. 흰 천을 덮고 가만히 누워 있는 아빠를 보며, 엄마가 떠난 그날 밤 아빠의 모습이 문득 떠올랐다. 속으로 숫자를 세던 자신의 모습과 함께.

-너희들은 아빠에게 최고의 선물이었고, 또 아빠가 세상을 살아갈 수 있는 소망이 되어주었어. 고마워, 아들. 고마워, 딸.

소연이는 눈물을 뚝뚝 흘리며 자신을 바라보는 아빠의 눈물을 닦아주며 말없이 끌어안았고, 아빠는 그런 소연이와 뒤늦게 아빠의 품에

163

안긴 은재를 끌어안고 숨죽여 울었다. 은재는 그때, '어른도 때로는 운다'는 사실을 알았다. 엄마를 잃어버린 아빠는, 소연이와 은재 앞에서 울고 있었다.

'아빠가 운다.'

그것은 은재가 알고 있는 가장 큰 세계가 사실은 한 연약한 인간에 불과할 수도 있음을 의미하는 것이었다. 그리고, 그 아빠의 눈물을 이제는 볼 수 없다는 사실이 은재의 마음에 와닿았다.

음주운전으로 인한 교통사고였다. 상대 운전자는 면허취소 수준의 음주를 한 상황에서 운전대를 잡았고, 아빠가 일하고 있던 공사현장으로 질주했다. 차가 들이받아서 무너진 벽 아래 어딘가에 아빠는 깔렸고, 구조대가 왔을 때는 이미 심정지 상태가 되어 있더라, 는 이야기를 어디선가 들었다. 은재는 기억하고 싶지 않은 장면을 놓치지 않고 기억하고 있었다.

은재의 기억 속에 존재하는 아빠는 늘 혼자였기에, 아빠 주변에 그렇게 많은 사람이 있는 줄 은재는 미처 몰랐다. 약간은 푸른 빛이 감도는 병원의 전등과 이상하게 생긴 모자를 쓴 사람들, 까만 한복을 입고 손수건으로 입을 가린 채 3일 동안 우시던 할머니의 모습. 은재와 소연이를 한참 끌어안고 있다가, 이윽고 주머니에서 꺼낸 만 원짜리를 두어 장 쥐어 주며 "인제 마음 단단히 먹고 살아야 된다이."를 반복하던 이름 모를 아줌마, 아저씨들까지. 아빠와 어떤 식으로든지 관계를 맺고 있었던 그분들의 도움이 있었기에, 은재는 꽤 초라하다고 느꼈을지도 모를 그 망창하기만 한 시간을 덤덤하게 넘어갈 수 있었다. 사실 은재가 보낸 그 며칠간의 시간은 하얀색 천을 타고 세상을 이리저리 떠돌다가 자리에 안착한 것처럼, 현실감각이 사라진 듯한 시간이었다.

영정사진 속 아빠의 얼굴을 보면서 은재는 하염없이 눈물을 흘렸지만, 마음 한켠에서는 웬지 모를 무덤덤함이 묵묵히 자리 잡고 있었다. 사랑하는 사람의 죽음을 마주한다는 것이 어색한 나이였고, 두 번 다시는 아빠와 함께 시간을 보낼 수 있었던 과거로 되돌아가지 못한다는 것이 은재의 삶에 어떤 의미를 가지는지 잘 몰랐기에, 이런 상황에서 어떻게 반응해야 옳은 자세인지 몰랐다. 게다가 엄마와의 생이별을 경험해 본 적이 있던 은재는, 갑작스레 자신 곁을 떠난 아빠를 향한 그리움을 가지기에 앞서 이제 어떻게 살아가야 하는지 고민해야 한다는 것이 더 시급한 문제였다. 물론 할머니와 고모가 계시는 한 굵직굵직한 문제들은 빠른 시일 내 해결이 될 것이다. 아버지의 보험금은 빠른 시일 내 지급될 것이고, 연로하신 할머니와 두 아이를 위하여 지자체에서 적잖은 도움도 받게 될 것이다. 거기까지는 좋았다. 하지만 그 다음은 어떻게 될 것인가?

3일 만에 보는 학교는 이전과 달리 반갑게 느껴졌다. 어색하고 익숙하지 않은 시간을 보내는 동안, 다시금 학교에 가고 싶어진 거였다. 수진이와 찬욱이, 그리고 평소 가깝게 지내지 않던 친구들까지 우루루 몰려와서 은재를 위로해 주었기에, 은재는 친구들이 곁에 있음이 무척 고맙게 느껴졌다. 찬석이는 눈이 두 배는 더 커 보이는 돋보기 안경을 통해 은재를 바라보며 하얀 봉투를 건넸다.

-이게 뭐야?
-몰라. 엄마가 너 갖다 드리래. 그리고 언제든지 배고프면 우리 집에 와서 밥 먹고 놀다 가도 된다고 하셨어. 오늘 와도 되고.
-고마워.

은재에게 딱지를 잃은 녀석들이 다가와서 해준 말들도 은재에게 큰 힘이 되었다.

-이제 우리 친하게 지내자.
-시간이 약이라고 하더라.
-나도 우리 엄마 돌아가셨을 때 되게 슬펐어. 너도 힘내.

은재는 평소 자신에게 쌀쌀맞게 굴던 여자아이들이나 딱지를 잃은 녀석들에게서 받는 위로들을 가만히 바라보았다. 그들의 위로와 격려 속에는 따뜻한 꽃이 피어 있었고, 언젠가 들어봄직한 표현들이었다.

-시간은 내가 어떤 사람인지 보여주는 가장 훌륭한 거울이란다.

-많이 아파본 사람이 다른 사람의 아픔도 이해할 수 있는 거야.

-모든 친구들에게 친절하렴. 그 친구들이 언젠가 아들에게 소중한 도움이 되어 줄 테니까.

은재가 친구들에게 둘러싸여서 크고 작은 위로를 받는 동안, 선생님이 교실로 들어오셨다. 그리고 아이들에게 둘러싸여 있는 은재를 보자마자 잰걸음으로 다가와서 은재의 머리를 끌어안았다. 은재는 잠자코 선생님의 가슴에 안겨 있었다. 선생님의 심장이 빠르게 뛰고 있다는 것을 은재는 느낄 수 있었다. 은재는 그때 어른이 따뜻한 마음을 가진 사람일 수도 있다는 생각을 했다. 푸른 빛이 맴도는 장례식장의 차가운 분위기에서 갓 벗어난 은재에게, 선생님의 품은 은재의 마음을 따뜻하게 데워주기에 충분했다.

장례식장에서 늦은 밤까지 은재의 곁을 지킨 선생님은, 졸린 눈을 비비는 은재를 앉혀놓고 다정한 목소리로, 조용히 이야기했다.

-선생님은 항상 은재 곁에 있을 거야. 선생님은 어떤 일이 있어도 은재를 떠나지 않을게. 약속할게.

선생님은 은재와 눈높이를 맞추고 은재의 눈을 바라보았다. 그리고 눈물로 범벅이 된 은재의 얼굴을 옷소매로 닦아주었다.

-괜찮아. 괜찮아. 다 잘 될 거야.

은재의 얼굴에 흐르는 눈물을 닦아주던 선생님의 손과 입술이 작게 떨리고 있었다.

아마 선생님은 그때의 따뜻함을 은재가 다시금 느낄 수 있도록 해 주고 싶었는지도 모른다. 어쩌면 홀로 이 거친 세상을 살아가야 할지 도 모르는 어린아이를 향해, 선생님의 마음에 담긴 따뜻한 소망을 전 해 주고 싶었는지도 모른다.
한참 동안 은재를 꼭 안고 있던 선생님은 은재에게 작게 속삭여 주 었다.

-새로운 시작이야. 단지 새로운 시작일 뿐이야.

선생님의 말씀처럼, 은재는 이제 홀로서기를 해야 할 때라고 생각했 다. 주말마다 햄버거를 사줄 아빠도, 은재의 말을 가만가만 들어주는 엄마도 없었다. 아침마다 소연이의 머리를 묶어주고, 밥을 먹이고, 고 양이 세수를 시키면서, 은재는 어린 나이에 불쑥 어른이 되어버린 자 신의 모습이 퍽 대견스럽게 느껴지기까지 했다.
엄마는 곁에 없었고 아빠도 돌아가셨지만, 당장 피부로 느껴지는 변 화는 별로 없었다. 너무 어렸기에, 세상을 몰랐기에, 아빠의 죽음이 은 재에게 피부로 와닿지 않았던 것인지도 모른다. 할머니가 차려주시는

168

아침 밥상을 먹으면서도, 할머니가 남몰래 눈물을 훔치시는 걸 보면서도, 하루가 다르게 가방에 쌓여만 가는 딱지 모으는 재미로 하루하루를 보냈다. 할머니에게는 그 시간이 손자와 손녀를 위해서라도 어떻게든 버텨내야 하는 순간이었는지도 모르겠지만, 은재에게는 그저 아빠가 없는 하루의 연속일 뿐이었다. 돌이켜 생각해보면, 아마도 그런 인고의 시간을 이겨낼 수 있었던 이유 중 하나가 비슷한 슬픔을 마음에 담고 있었던 친구가 있었기에 가능했었던 것인지도 모르겠다.

언젠가 재잘재잘거리며 이야기하는 수진이의 모습을 미소 띤 얼굴로 가만히 듣고만 있던 주미는 한국말이 다소 서툰, 몽골계 한국인이었다. 몽골에서 학교를 다니다가 한국으로 왔다고 했다. 몽골인 어머니와 한국인 아버지 슬하에서 자란 주미의 외모에서 별반 다른 점은 느끼진 못했지만, 어린 은재에게는 신기하게 느껴지는 이유가 따로 있었다. 아버지가 과거에 꽤 유명한 탤런트였다는 사실이었다.

　-TV에도 나오고, 영화에도 나오고 했다더라.
　-진짜? 그럼 주미도 나중에 크면 탤런트 되겠네.
　-주미 아빠 탤런트인 거랑 주미가 탤런트 되는 거랑 무슨 상관이야?
　-아빠가 탤런트면 주미도 탤런트 되겠지.

아이들이 나누는 대화는 고작해야 그런 식의 시시콜콜한 이야기들이었지만, 사실 마음 깊은 곳에 자리 잡고 있는 감정은 일종의 부러움이었을 것이다. 연예인 아버지를 둔 친구의 삶이라는 것이 우리와는 다른 세계의 그 어떤 것이 아닐까 하는 동경심이었고, 시기와 질투 같은 감정이기도 했다.

주미는 말수가 많은 아이는 아니었다. 한국어가 서툴러서 그럴 것이라는 추측도 해보았으나 딱히 그렇지도 않았다. 국어 시간에 주미는 교과서를 곧잘 읽었는데, 막히는 구석 없이 교과서를 읽는 모습에서 어색함이라고는 찾아볼 수 없었다. 주미는 단지 말수가 적을 뿐이었다. 반면에 주미는 또래 아이들과는 다른 독특한 매력을 가지고 있었다. 주미는 조용히, 그리고 뚫어져라 상대방의 눈을 바라보며 이야기하는 습관이 있었다. 흐리멍덩한 얼굴로 상대방의 얼굴을 멍하니 바라보는 것이 아닌, 마치 마음의 중심에 심겨진 진실을 바라보며 가만히 묵고하는 듯한 모습이었다. 대다수 10대 여자아이들이 조잘조잘 이야기하고 감정에 민감하게 반응하는 것과는 달라도 너무 달랐다. 매일 고급 외제차를 타고 학교에 오는 것도, 양복 입은 기사가 깍듯이 문을 열고 배웅해주고 태우러 오는 것도, 다른 친구들이 가지지 못한 태도를 지니고 있다는 것도 어린아이들 눈에는 신기하게 느껴질 법도 했다. 그러나 주미에게서는 내세우는 기색이라고는 찾아볼 수 없었다. 단지 말수가 적고, 가만가만히 행동할 뿐이었다. 그렇다 보니 소현이나 혜빈이처럼 예쁘장하게 생긴 아이들에게는 알찐거리는 남자아이들도 그런 주미를 대할 때는 항상 조심했고, 함부로 야기죽거리지도 않았다. 그런 주미와 처음으로 은재가 대화를 나누게 된 것은 우연한 계기였다.

쉬는 시간에 복도에서 딱지치기를 하며 놀고 있던 어느 날이었다. 함께 딱지치기를 하던 아이들의 탄식 소리는 그들이 오랜 시간 모아 두었을 딱지와 함께 은재의 주머니로 넘어왔다. 제법 두둑해진 주머니 속 딱지를 손으로 세어보며 은재는 내심 흡족해하고 있었다. 어린 아이들의 세계가 으레 그렇듯, 아니, 인간의 본성이 으레 그렇듯, 남이 가지지 못한 힘과 권력이 있다고 느낄 때 인간은 한없이 나약해진다. 내 것을 지키려는 마음과 정상에 머무르고 싶은 마음이 커져서, 마치 내가 가진 힘이 영원한 능력의 샘물이라도 되리라는 착각 속에서 살게 되는 것이다.

그때였다.

-야, 너 딱지 많네.

창식이 형이었다. 그 뒤로 창식이 형의 친구들이 은재와 잔뜩 겁을 먹은 아이들을 지켜보고 있었다. 몇몇 아이들은 딱지를 빼앗길까 봐 주머니에 주섬주섬 집어넣었다.

창식이가 불룩한 은재의 주머니를 흘깃 쳐다봤다.

-너, 나 누군지 알지. 니가 땄나?

171

은재가 가만히 서 있자 창식이 형이 되물었다.

    -니가 땄냐고.
    -네.

기어들어가는 목소리로 은재가 대답했다.

    -야, 너 딱지 되게 잘 딴다. 이름이 뭐야?
    -김은재요.
    -은재. 3학년?
    -네.
    -몇 반?
    -2반이요.
    -준식쌤 반이네.
    -네.
    -야, 새끼 좋겠다.
    -네.
    -네네. 뭐 네밖에 모르냐?
    -…

  날카로운 눈빛 뒤로 싱긋 미소 짓는 창식이 형의 얼굴이, 순간 무척
친근하게 느껴졌다. 창식이 형은 은재의 머리를 쓰다듬더니 "다음에
보자." 하고 휘적휘적 걸어갔다. 뒤이어 다른 형들이 창식이 형을 따

라갔다.

-야, 딱지 안 뺏겼어?

저 멀리 떨어져서 이 상황을 지켜보던 창욱이가 재빨리 다가와서
물었다.

-딱지는 안 뺏겼어.
-휴, 다행이다.

아이들의 눈에 비친 창식이 형은 그저 크고 무서운 형이었다. 크고
거친 손, 주위 친구들에 비해 머리 하나 정도는 더 커 보이는 키, 날카로
운 눈빛, 변성기에 접어드는 목소리도 아이들에게는 무섭게만 느껴졌
다. 지난번 일 이후로 좋은 기억이라고 할 만한 경험이 은재에게 있긴
했지만, 그렇다고 창식이 형에 대한 두려움이 사라지는 건 아니었다.
창식이 형은 여전히 아이들 눈에 무서운 형으로 비춰질 따름이었다.

그런 창식이 형은 주미와 꽤 친한 듯했다. 이렇다 할 연결고리가 없
어 보이는 두 사람이었지만, 창식이 형과 이야기를 나눌 때면 주미는
웃고 있었다. 그리고 많은 이야기를 하는 듯 보였다. 평소 조용하기만
한 주미와 무서운 창식이 형의 모습에 익숙해져 있는 아이들은 주미
와 창식이 형의 그런 모습이 퍽 낯설게 느껴졌으리라.

아이들은 느끼고 있었다. 철부지 어린아이들의 사사로운 감정이었으리라고 어른들은 이야기하겠지만, 보육원 출신의 거친 남학생이 조근조근하고 착한, 그러나 깊은 슬픔을 담고 있는 눈망울을 가진, 예쁜 동생을 향해 느끼는 감정은 동생을 대하는 감정 이상의 것이었을 거라고 은재는 지레짐작했다. 누군들 모르겠는가? 남녀 간의 감정이라는 것은 결코 어른들만의 전유물이 아니라는 것을. 그들도 마찬가지로 따뜻한 기운의 속삭임이 주는 즐거움을 만끽하고 있었는지도 모를 일이었다. 그 주미가 은재에게 말을 건 것이었다.

-괜찮아?

뭐가 괜찮은 건지 모르겠지만, 은재는 "어." 하고 대답했다.

-저 오빠 괜찮아. 착해.
-야, 괜찮긴 뭐가 괜찮은데? 딱지 다 뺏길 뻔했다.

주미는 불만 섞인 목소리로 소리치며 야유를 보내는 아이들 틈바구니에 가만히 서서 은재를 바라보았다. 그 눈빛이 무척 깊고 맑다, 고 은재는 느꼈다. 하지만 어떻게 반응해야 좋을지 몰라 엉뚱한 소리를 내뱉고 말았다.

-너한테나 괜찮은 오빠겠지. 우리한테는 아냐.

키득키득거리는 아이들을 뒤로한 채 주미는 아무 말 없이 은재의 눈을 바라보았다. 이유를 알 수 없는 깊은 슬픔이 주미의 눈망울에 담겨져 있었다. 그 눈망울에 담긴 은재의 모습이 주미에 비해 무척 작게 느껴져서, 은재는 괜히 딴청을 부려야 안정될 것만 같은 기분이 들었다.

-야, 꺼져.

저도 모르게 튀어 나온 욕지거리에 은재는 깜짝 놀랐지만, 내색하지 않았다. 마치 아무 일도 없었다는 듯이, 은재는 주미 앞에서 작은 어깨를 한껏 치켜세우며 강한 척을 해 보였다.

누군가가 은재의 그 어깨를, 그러니까 은재의 아빠, 은재의 엄마, 혹은 은재의 가슴 속에 드리워진 열 살만큼의 슬픔을 아는 사람이 그 곁에 서서 은재의 어깨를 바라보았더라면, 애써 강한 척해 보이려고 아무렇지 않은 듯 입술을 실룩거리지만 저도 모르게 발갛게 상기된 얼굴을 보았더라면, 그 순간 주체할 수 없는 눈물을 쏟아냈을지도 모를 일이었다. 다행히 어른들의 무감각한 대화와 미지근한 마음의 섬세함을 모르는 아이들에게는 은재의 그런 행동이 충분히 이해가 되었으리라 본다. 말없이 은재를 바라보던 주미는 아무 말 없이 뒤돌아 교실로 들어갔다. 뚜벅뚜벅, 교실로. 그렇게 뒤돌아가는 주미의 뒷모습을 은재는 하염없이 바라보다가 이내, 쳇, 하고는 뒤따라갔다.

학교를 마친 뒤 집으로 올 때까지 은재는 주미와 한마디도 하지 않았다. 아니, 솔직히 말하자면 말을 걸어볼 용기가 나지 않았다.

　-아까는 미안했어. 그렇게 행동하면 안 되는데. 당황해서 나도 모르게 말이 잘못 튀어나왔어.

입안에서 맴도는 말을 차마 꺼낼 용기가 나지 않아서, 은재는 수업을 마치자마자 딱지만 대충 가방에 쑤셔넣은 채 도망치듯 집으로 돌아왔다.

집에는 아무도 없었다. 외로움은 곧 익숙해졌다. 봄이라고는 하지만 아직 춥고, 해는 짧았다. 텅 빈 거실 바닥에 홀로 앉아 할머니가 차려두신 밥을 먹었다. 이제는 꽤 익숙해진 일상이었다. 두부조림, 파김치, 큼직큼직한 무와 쇠고기가 들어간 시원한 소고기뭇국, 빨간 양념으로 버무린 일미 무침과 알맞은 크기로 잘라서 통에 담아둔 김은 은재가 제일 좋아하는 반찬들이었다. 하지만 젓가락질은 아직 서툴렀다. 밥상 위로 이른 노을이 아롱지고 있었다. 은재의 밥 먹는 소리 외에 아무 소리도 들리지 않았다. 얼른 밥 먹고 밖으로 나갈 생각밖에 없었다.

은재는 문득 엄마 생각이 났다. 엄마는 요리를 잘 못 했다. 할머니가 만들어주신 반찬에 비하면 대부분 짜거나 싱거웠다. 부엌에서 요리하다가 문득 눈가를 손등으로 훔치던 엄마의 뒷모습이 떠올랐다. 그리움 때문은 아니었다. 쓸쓸해 보이는 엄마의 뒷모습에서, 자신과 다르지만 다르지 않은 엄마의 모습을 잠자코 생각했던 기억이 났다. 정체성이라는 단어는 아직 은재에게 이해하기 어려운 단어였다. 어린이집과 유치원을 거쳐 학교에 입학할 때까지, 엄마가 은재를 보러 온 적은 없었다. 적어도 은재의 기억에서는 그랬다. 학부모 상담이 있어도, 운동회가 있어도, 소풍을 가도, 엄마는 없었다. 은재는 아빠, 엄마와 함께 밥을 먹는 친구들을 부러워했다. 엄마가 아침 8시부터 밤 9시까지, 하루도 빠짐없이 일해야 하는 외국인 노동자였다는 사실을 이해하기에 은재는 너무 어렸다. 어쩌면 그 사실을 주변 선생님이나 친구들에게 들키고 싶지 않아서였는지도 모르겠다. 아침에 엄마가 챙겨준 간식과 아빠가 주신 용돈으로 외로움을 달랬다. 이제는 돌아올 엄마도, 돌아올 아빠도 없는 집에서 은재는 밥을 먹었다. 서툰 젓가락질 소리가 그릇에 부딪혀 차르랑 소리를 냈다.

주미가 학교를 마치고 학원에 도착할 무렵, 수업을 들으려는 다른 사람들도 하나둘 도착했다. 학원이라기보다는 한국어를 가르치는 다문화 교육원에 가까웠다. 베트남, 몽골, 필리핀 등지에서 한국으로 시집온 20~30대 주부들이 대부분이었고, 간혹 50대 아저씨와 아주머니들도 보였다. 주미처럼 한국어를 배우러 온 초등학생은 없었다. 어린 초등학생은 주미 혼자였다. 주미는 말없이 빈자리를 찾아서 앉았다. 얼굴을 익힌 몇몇 분들이 주미에게 눈인사를 했고, 주미도 고개를 살짝 숙여 인사했다.

주미의 아빠는 1980년대를 풍미한 중년 배우 김준이었다. 영화배우
로, 탤런트로, 연극배우로 활동하며 전국적인 인기를 얻었다. 큰 키에
날렵한 몸매, 오똑하게 솟은 코, 부리부리하고 짙은 쌍커풀을 가진 그
의 눈은 무척 매혹적이었다. 그런 외모와는 어울리지 않는 구수한 사
투리에 유머감각도 좋아서 주변 여성들의 마음을 흔들어놓기에 충분
했다. 여덟 번째 아내에게서 태어난 딸 주미가 아니었다면, 김준은 '이
제는 진정한 사랑을 찾겠다'는 희망을 품은 채 또 다른 인연을 찾아다
녔을지도 모를 일이었다. 주미가 태어났을 때 김준은 59살이었고, 주
미의 엄마는 25살이었다.

아빠의 유명세 덕분에 주미를 향한 선생님들과 주변 사람들의 관심
도 조금은 남달랐다. 이름만 대면 누구나 아는 배우이자 유명인이었
던 배우 김준의 외동딸이라는 명분은 선생님들과 주변 사람들(대개
또래 친구들의 학부모님들이었다.)의 과도한 관심을 불러일으켰으며,
주미의 행동 하나하나, 머리에 꽂은 핀, 입고 다니는 외투, 에나멜 구두
까지 가릴 것 없이 그들에게 질투와 시기의 대상이 되었다.

그러나 주미는 그런 것 따위에 전혀 개의치 않는 듯 보였다. 입이 가
벼운 사람들의 게걸거리는 모양새를 비웃기라도 하듯이, 아버지를 향

한 칭찬과 주미 자신을 향한 과분한 칭찬을 흘깃 쳐다보고는 뒤도 돌아보지 않았다. 때로는 세상이 만들어 준 거대한 벽, 이를테면 단단하고 견고한 고정관념이나 인식 따위는 주미에게 어떤 영향력도 주지 않는 듯 보였다. 고작 열 살내기에 불과한 어린아이가 이겨내기에 적잖은 부담이 되었을 법도 했건만 주미의 눈동자에는 아무런 흔들림이 없었다.

주미는 친한 친구가 별로 없었다. 아니, 친구가 없었다기보다는 주미의 깊은 속내를 이해하고 받아들일 만한 재주를 지닌 또래 친구가 없었다고 해야 옳았다. 그 나이 대의 여자아이들이 대개 그렇듯 짓궂은 장난을 치는 남자아이들을 욕하고 흉보는 데만 급급했을 뿐, 주미가 어떤 생각을 갖고 사는지 관심을 가지는 아이들은 없었다. 온 교실을 헤집고 다니면서 땀을 흘려야만 직성이 풀리는 슬리퍼 축구, 틈만 나면 고래고래 소리를 지르며 주변을 부산스럽게 만드는 딱지치기, 누가 더 힘이 세고 쌈박질을 잘하는지에만 관심이 있는 남자아이들도 마찬가지였다. 어쩌면 그랬기에 주미와 은재가 다문화 가정의 자녀들이라는 것도 별 문제가 안 되는 것이었는지도 몰랐다.

어쩌면 선생님들이 아이들을 보는 시각은 아이들이 서로를 보는 시각과는 달랐는지도 모르겠다. 누가 더 예쁜 구두를 신고 왔는지, 누가 더 반짝거리는 레이스가 달린 주름치마를 입고 왔는지, 혹은 누가 더 크고 아름다운 방울이 달린 머리 끈을 하고 왔는지에 관심을 가지거나 흥미를 보이는 식으로 말이다. 그것이 곧 부모의 재력과 능력, 혹은 사회적인 위치를 어느 정도는 보여준다는 사실을 알기에, 그렇지 않은 아이들보다 더 많은 관심을 가지는 것은 당연한 일이었는지도 모른다.

그런 점에서 봤을 때 은재는 선생님들에게 관심받거나 사랑받을 만한 자질이 전혀 없는 부류의 학생이었다. 주미야 아버지가 워낙 유명한 탤런트다 보니 그렇다손 치더라도, 돌아가신 할아버지의 병 수발을 담당하던 엄마가 당신의 나라로 도망가버린 뒤 은재는 깨끗하게 세탁되고 다려진 옷을 입고 학교에 간 기억이 거의 없다. 엄마가 있을 때도 때때로 그랬지만, 엄마 없이 아빠와 할머니랑 살면서부터는 항상 꾀죄죄한 옷에 헝클어진 머리를 하고 학교에 가야 했다. 냄새가 난다며 괜히 은재를 피하는 아이들도 있었다. 어린아이들 특유의 밝은 성격과 딱지 패거리들 덕분에 외롭진 않았지만, 불편함과 부끄러움을 모르는 것은 아니었다.

그런 은재를, 주미는 항상 가만히 바라보곤 했다.

이유는 모르겠지만, 주미는 은재를 참 좋아했다. 말없이 은재 곁에 다가와 눈을 바라보는가 하면, 딱지 치는 곳에도 와서 가만히 딱지들을 바라보고 있는 것이 주미가 하는 행동들이었다. 은재의 마음에도 왠지 주미에게 잘 보이고 싶은 남자의 자존심이 올라오는 걸 느꼈지만, 애써 모른 척 행동했다. 심지어 거칠게 주미를 밀어내기도 했다.

　-야 김주미, 니 뭔데? 저리 가라.
　-아, 방해하지 말고 좀 가라.

　눈을 흘기거나 쏘아붙이는 또래 여자아이들과 달리 주미는 은재를 가만히 바라보다가 자리로 돌아갔다. 뭐야 쟤는, 하며 입을 비죽거리면서도 은재의 마음에는 '그래도 한 번만 더 봐주었으면' 하는 아쉬움이 있었다. 주미가 보고 있을 때 멋지게 딱지를 한번 넘겨봐 줄 수 있는데, 이기는 모습도 보여줄 수 있는데, 하는 마음이 들어 못내 아쉬웠다.

　학원, 그러니까 다문화 교육원 수업을 마친 주미가 밖으로 나왔을 때는 이미 해가 뉘엿뉘엿 지고 있었다. 학원 앞에는 검은색 고급 세단이 주미를 기다리고 있었다. 말쑥한 양복을 입은 젊은 기사가 뒷문을 열어주었고, 주미는 익숙하다는 듯 순순히 뒷자리에 올랐다. 주미를 태운 검은색 세단은 마치 바다를 헤엄치는 향유고래처럼 조용히, 그러나 묵직한 배기음을 내며 천천히 사라졌다.

　주미도 엄마가 없었다.
　주미의 엄마는 몽골사람이었다. 아빠는 몽골에 여행하러 갔다가 엄마를 만났다고 했다. 첫눈에 반해서 그 자리에서 고백했고, 3개월을 만난 뒤 작은 결혼식을 올렸다고 했다. 방송에서 밝힌 엄마와 아빠의 사랑 이야기였다.

아빠는 주미를 끔찍이 아꼈다. 그러나 엄마는 그렇지 않았다.

　-아빠, 여자 많아.

엄마가 주미에게 자주 했던 이야기였다. 아빠는 왜 엄마 말고 다른
아줌마를 만나는 걸까, 나는 그러지 말아야지, 아빠를 보면서 주미는
생각했다.
　어느 순간, 엄마가 집에 들어오지 않았다. 그리고 엄마는 두 번 다시
주미 곁으로 돌아오지 않았다.

　-주미야, 아빠하고 한국에 가서 살자. 엄마는 다른 아저씨가 좋단다.
　다른 아저씨랑 살고 싶대. 여기서 엄마랑 지내는 것보다 아빠랑 한국
　에 가서 지내면 더 좋을 거야.

그때 무슨 일이 있었는지, 주미는 알지 못했다. 한 가지 기억나는 것
은, 아빠가 주미의 손을 잡고 공항으로 갈 때까지, 아무도 주미와 아빠
에게 손을 들어 인사하지 않았다는 것과, 바람이 몹시 불어오는 추운
날이었다는 것 정도였다.

가방을 끌러 책과 노트와 필통을 꺼내 책상 위에 올려놓는 동안, 주

미는 창문 너머 밤색 고양이 한 마리가 조심스레 담벼락 위를 지나가고 있는 것을 보았다. 살금살금 자신의 길을 가던 고양이는 어느 순간 멈춰서는 듯하더니, 이윽고 훌쩍 뛰어내려 유유히 정원 속 숲속으로 걸어갔다. 그 모습을 물끄러미 바라보던 주미는 책상을 정리하고 앉아서 가만히 턱을 괴고 생각에 잠겼다. 이제 곧 학습지 선생님이 올 시간이었다.

09

꿈

창식이 형의 눈이 은재를 내려다보고 있었다. 눈에는 이미 초점이 없었다.

－니가 주미한테 꺼지라고 했다매?
－아니요.
－구라치지 마라, 이 새끼야. 죽고 싶냐?
－···
－야, 가서 몽둥이 갖고 와. 이 새끼 오늘 죽여버려야겠다. 너 따라와.

은재는 뒤돌아서서 달리기 시작했다. 울음이 터져 나오려고 했다.

뒤에서 창식이 형과 친구들이 소리치며 뛰어오고 있었다. 빨리 달리고 싶은데 발이 떨어지지 않았다. 마치 허공 위를 걷는 듯한 기분에 은재는 울고 싶어졌다. 잡힐 듯 말 듯 발걸음을 옮기는데, 갑자기 땅이 훅 꺼지며 한없이 어두운 바닥으로 추락해 내려가기 시작했다. 어느 순간, 갑자기 찬 물 속으로 침잠해 들어가는 기분이 들었다. 깊고 어두운 바다였다.

은재는 수영을 배운 적이 없었다. 한참을 버둥거렸다. 어쩌면 진짜 죽을지도 모르겠다는 두려움이 마음을 강하게 에워싸고 있었다. 그러다 어느 순간, 호흡이 돌아왔다. 바다에서도 숨을 쉴 수 있게 된 것이었다. 마치 부드럽고 따뜻한 피부를 가진 돌고래가 바다의 풍요로움을 느끼며 기쁨의 항해를 시작하듯이, 은재는 호흡을 가다듬으며 바닷속을 천천히 바라보았다. 에메랄드 빛 바닷속은 소망의 물결로 가득했다. 귓가에 누군가의 말소리가 들려왔다. 더러는 큰 소리로 외치고 있었고, 더러는 속삭이는 듯한 목소리였다. 창식이 형일까? 아니면 창식이 형의 친구들일까? 누구든 알 게 뭐야. 나는 이렇게 평온한데. 바닷속을 유유히 헤엄치던 은재는 햇살이 비치는 수면 위로 올라가 보고 싶었다. 어두운 바다가 조금은 두려워졌기 때문이었다. 빠르게 헤엄치며 햇살이 비치는 수면 위로 올라왔다. 눈이 부셨다.

그 순간, 할머니와 고모의 목소리가 들렸다.

-눈 떴다! 은재가 눈 떴다!

의사 선생님과 간호사들이 뛰어와서 은재의 상태를 확인했다. 얼굴은 땀인지 물인지 분간이 가지 않을 정도로 축축하게 젖어 있었다. 아랫도리도 젖어 있는 걸 보니 오줌을 싼 모양이었다. 머리가 깨질 것처럼 아파왔다.

-심적으로 크게 놀라거나 충격을 받으면 경기를 일으키는 경우가 있긴 합니다. 그래도 다른 건 다 정상이라 걱정 안 하셔도 될 듯합니다. 집에서 휴식만 잘 취할 수 있도록 도와주시면 되겠습니다.

의사 선생님은 은재의 맥박과 눈동자를 확인하더니, 눈물범벅이 된 얼굴로 은재의 얼굴을 바라보고 있는 할머니와 고모에게 이야기했다.

저녁에 고모가 집에 오셨다. 할머니를 모시고 집으로 들어온 고모는 은재에게 줄 과자 선물세트를 사 갖고 왔다. 그 과자를 먹으면서 TV를 보다가 설핏 잠자리에 들었는데, 이후로는 기억이 없었다. 누군가의 등에 업혀 황급히 어디론가 가고 있다는 느낌만 조금 남아 있을 뿐이었다.

-사지를 바르르 떨면서 경기를 하더라고. 얼굴에 물도 갖다 붓고 볼때기도 때려보고 했는데도 안 되는 기라. 눈이 돌아가고 온몸을 비트는데 이러다 죽겠다 싶어서 119에 전화를 했지.

고모는 심각한 표정으로 어딘가에 전화를 하고 있었다. 한참 동안 "은재가… 예… 일단은 집에서…" 하고 이야기를 나누는 걸 보니 학교에 전화를 건 모양이었다. 창문 밖은 이미 환하게 밝았다. 학교에 갈 시간은 한참 지난 것 같았다.

-오늘은 학교도 가지 말고 고마 쉬라 마. 아가 이레 아픈데 학교는 무슨 학교를 가노?

-그래, 고마 쉬라. 건강이 최고다.

주미에게 빈정대는 말투로 쏘아붙인 뒤, 은재는 주미의 얼굴을 볼 자신이 없었다. 애써 용감한 척하려고 그랬던 것일 뿐인데, 저도 모르게 튀어나온 욕지거리 때문에 창식이 형에게 보복 폭행이라도 당하지 않을까 두려웠던 탓이었다. 딱지를 치면서도, 팽이를 돌리면서도, 지우개 싸움을 하고 운동장에서 잠자리를 하면서도, 마음속에서는 창식이 형에 대한 두려움이 사라지지 않았다. 결국 쌓여있던 마음속 두려움이 터져 나온 탓이었다.

-학교에서 뭐 힘든 일 있었나?

병원 진료를 마치고 집으로 오는 길에 할머니가 걱정스러운 말투로 물었다.

-아니.

-솔직히 말해 봐라. 뭔 일 있었제?

-…

-사람이 물어보면 대답을 해야지, 니는 왜 가만히 앉아 있노?

할머니는 답답하다는 듯이 되물었다. 목소리에 짜증이 묻어나왔다.

　-엄마는 뭘 또 그래 꼬치꼬치 캐묻노? 아 상처 되그로.

앞좌석에 타고 있던 고모가 거들었다.

　-다 지나가는 과정인 갑다, 하고 마음 편하게 있으면 될 거를 아직 어
린애한테 뭘 그래 묻노?
　-평소에 조용한 아가 각주에 갱기를 하고 쓰러지니까 물어보는 거 아
이가. 학교에서 뭐 문제가 있어서 야가 그러는 거 아닌가 싶어서 물어
본 거지, 지나가는 과정은 뭔 놈의 지나가는 과정이고?
　-아, 그니까 엄마는 가만히 있으라고 좀. 오빠도 그래 간 지 얼마 안
됐다 보니까 놀랜 것도 있고 그래서 그런 거지, 아직 어린애가 뭘 안다
고 꼬치꼬치 그런 이야기를 하겠노.
　-야 이놈의 손아. 그면 할매가 되갖꼬 그런 것도 못 묻나! 니는 어째
말하는 꼬라지가 그래 싹퉁머리가 없노!
　-내가 못 할 소리 했나? 엄마는.

　집으로 돌아오는 택시 안에서 은재는 계속 할머니의 손을 잡고 있
었다.

　고모와 엄마는 연신 티격태격 말다툼을 했지만 그런 건 아무래도
좋았다. 비록 꿈이었지만, 어쩌면 현실이 될지도 모를 일이었다. 두려

움으로 패인 생채기는 어린 마음에 깊은 구멍을 만들었다. 창식이 형 생각만 하면 온몸에 소름이 돋고 속이 울렁거렸다. 할머니 손을 잡고 있지 않으면 누군가 뒤쫓아와서 은재의 등을 할퀴고 낚아채 갈 것만 같은 두려움이 은재의 마음에 엄습해 왔다. 등에는 식은땀이 흘렀고, 손에 땀이 배나오는 걸 느꼈다. 심장이 쿵쾅거려서 아무 생각도 떠오르지 않았다. 고모와 할머니에게는 차마 이야기할 수 없는 일이었기에, 혼자 속앓이를 할 수밖에 없었다.

집에 도착했는데, 낯익은 뒷모습의 남자가 문 앞에서 서성거리고 있었다. 선생님이었다. 할머니와 고모도 선생님의 모습을 보고 놀란 눈치였다. 선생님은 할머니와 고모, 그리고 할머니의 손을 꼭 쥐고 있는 은재를 발견하고 반가운 내색으로 뛰어왔다.

-안녕하세요, 반갑습니다.
-아이고, 은재 선생님이 오셨네요. 별일도 아닌데… 이건 또 뭔교? 뭐 이런 걸 다…
-저희 반 학생인데 당연히 와 봐야죠. 아침에 고모님 연락받고 저도 많이 놀라서…
-아이고마, 고맙심더. 이레 또 와주시고.
-아이구 아닙니다. 병원에서는 뭐라고 하던가요?
-좀 놀랐다 하데요. 지 애비도 그레 되뿟고, 새로 3학년 되고 하이끼니 긴장도 되고 그랬는갑지요.

할머니가 은재의 머리를 쓰다듬으며 이야기했다.

　-아침에 은재하고 같이 가는 아가 하나 있어서 그래도 걱정 안 하고
잘 다니는가 했드만, 야도 속이 새카맣게 탔는 모양입니더.
　-수진이 말씀이시죠?
　-맞나?

할머니가 은재를 보고 물었다. 은재는 말없이 고개만 끄덕거렸다.

　은재는 문득 수진이가 보고 싶어졌다. 아침마다 집 앞에 찾아와서
은재를 부르는 수진이의 모습이 떠올라 마음이 아팠다. 마음씨가 곱
고 착한 수진이 덕분에 은재의 학교 생활이 꽤나 즐거웠던 게 사실이
었다.

　-오늘은 야가 몸도 안 좋고 한데 집에서 좀 쉬면 어떨까예? 좀 쉬고 나
면 괜찮지 싶은데요.
　-네, 그렇게 하시지요. 학교는 걱정 마시고, 오늘 은재랑 좋은 시간 가
지시길 바라겠습니다.

이야기를 마친 선생님은 "저 은재랑 잠시 이야기 좀…" 하고 말한
뒤 은재의 손을 이끌고 몇 걸음 떨어진 곳으로 데려갔다. 그리고 몸을
낮춰 은재의 얼굴을 바라보았다. 항상 고개를 들어 바라보던 선생님

이, 은재의 눈높이에 맞춰서 무릎을 꿇고 은재의 얼굴을 바라보았다. 걱정스러운 눈빛으로 자신을 바라보는 선생님의 얼굴을 보니 은재는 마음이 아팠다.

-은재가 너무 걱정이 되서 선생님이 왔어. 선생님은 너희 한 명 한 명이 소중해. 어느 누구도 다치거나 아프면 안 돼. 선생님은 너희를 사랑한단다. 그래서 사랑으로 가르칠 의무가 있어.

잠시 숨을 고른 선생님이 말을 이어갔다.

-은재도, 선생님도 같은 인간이라는 점에서 전혀 다를 게 없어. 선생님도 은재에게서 배울 점이 있고, 은재도 선생님에게서 배울 점이 있을 거야. 다만, 은재가 아직 어리다 보니 마음에 담고 있는 상처나 힘든 부분을 지혜롭게 이야기하는 방법을 몰라서, 곪아 있었던 상처들이 이번에 터져 나온 게 아닌가 싶다. 사실, 가장 가까운 사람을 잃는다는 것은 어른들도 감당하기 어려운 슬픔이거든. 혹시나 선생님이 모르고 있는 문제들이 은재 마음에 있었는지도 모르겠지만 말이야.

'창식이 형이 쫓아오는 꿈을 꾸었어요. 그래서 너무 무서웠어요.' 하고 이야기하려고 했지만, 차마 입이 떨어지지 않았다. 꿈에서 본 창식이 형의 눈빛이 너무나 무서웠기 때문이었다.

준식을 만나기 전만 하더라도, 은재는 선생님이란 존재가 왜 필요한

지, 또 그들이 있음으로 인해 달라지는 게 무엇인지 늘 궁금했다. 선생이라는 존재는 늘 굳은 표정으로 아이들에게 지시하거나 명령하고, 심드렁한 태도로 수업에 들어와서 시간만 때우는 존재라고밖에 느껴지지 않았던 게 사실이었기 때문이다.

아마 이것은 단순한 주입식 교육에 오랫동안 물들어 있던 기성세대의 가장 큰 문제점이자 고민거리가 아니었을까 싶다. 누군가의 간절한 소망이었을 그들도 주입식 교육의 가르침을 받으며 자란 피해자들이자, 창의적이거나 진솔한 소통의 품격을 느낄 수 있는 교육의 수혜자가 아닌 자들로서 자라난 평범한 월급쟁이에 불과했을 것이다. 꿈을 가진 위대한 인물로 자라나게 되길 바란다고 가르치지만, 사실 내면에서는 다가오지 않은 노후를 걱정하며 하루하루 먹고 사는 데만 급급한 나머지 교육의 본질을 잊어버린 채 의미 없는 읊조림만 앵무새처럼 반복하는 존재들처럼 느껴질 따름이었다.

　-선생님 갈게. 오늘 잘 쉬고, 내일 학교에서 보자. 아니다, 선생님이 미리 할머니랑 고모님께 연락드려서 나올 수 있는지 미리 여쭤보고 결정하도록 하자. 몸이 아프면 아무것도 안 돼. 우선은 건강하게 낫는 게 우선이니까.

이야기를 마친 선생님은 혼자서 이런저런 생각을 하는 은재의 머리칼을 옆으로 넘겨주고 살며시 안아주었다. 선생님의 품은 따뜻했는데, 아빠의 품에서 맡은 적 있는 향기가 은은하게 풍겨져 나왔다. 은재를 품에 안은 채 잠자코 은재의 머리를 쓰다듬던 선생님은 은재의 눈을 바라보며 "아무 걱정 하지 마. 은재는 선생님한테 최고의 학생이니까."라고 이야기해 주었다.

할머니와 고모에게 인사를 하고, 은재에게 손을 흔들고 멀어져 가는 선생님의 뒷모습에서 은재는 이제는 곁에 없는 아빠를 보는 듯한 충동에 휩싸였다. 멀어져 가는 선생님의 뒷모습을 바라보며, '내가 왜 선생님에게 최고의 학생인 걸까, 어떤 것이 선생님에게 최고의 학생이 될 수 있도록 이끌었던 걸까' 하고 가만히 생각했다.

.

10

라면

-야.

아이들은 자고 있지 않았다. 그럼에도 눈을 감은 채 자는 척하고 있었다.

-야.

둔탁한 소리와 함께 이불이 젖혀지는 소리가 들렸다. 창식이가 일어나 앉았다.

-왜?

두려워하는 목소리는 아니었다고 믿고 싶지만, 안타깝게도 창식이의 목소리는 떨리고 있었다. 대여섯 명 정도 되는 아이들의 눈동자가 창식이를 향해 있었다.

-왜? 니 지금 왜라고 했나?

-물어볼 수 있잖아.

짝.

짧은 마찰음이 창식이의 볼에서 들려왔다. 얼얼해진 볼을 문지르며 창식이가 자리에서 일어났다. 곤히 자는 줄 알았던 나머지 아이들의 이불 속에서 울음소리가 새나왔다. 귀 기울여 들어야 겨우 들을 수 있을 만큼 작은 소리였다.

-야. 니 미쳤나? 다시 한 번 말해봐.

-그냥 물어본 거잖아.

창식이는 온몸이 떨리고 있음을 느꼈다. 오줌이 마려웠고, 다리가 떨려 금방이라도 주저앉고 싶은 감정에 휩싸였다.

창식이는 싸움을 할 줄 몰랐다. 아니, 해 본 적이 없었다. 누군가를 때린다는 것은 아주 잘못된 일이라는 것을, 창식이는 아주 어릴 때부터 본능적으로 알고 있었다. 내면 깊은 곳에 숨겨진 어떤 기억이 창식이를 그렇게 붙들어 매고 있는 것이었다.

-따라와.

-왜?

어둠 속에서 조용히 창식이를 바라보던 대여섯 명의 아이들이 웃기 시작했다. 맑은 웃음소리는 아니었다. 마치 아주 재미있는 광경을 목격했다는 듯한 비웃음에 가까웠다. 아직 어린아이의 티를 벗어내지 못한 그 아이들이, 다리를 떨면서도 그들을 매섭게 노려보고 있는 창식이를 에워싸고 때리기 시작했다.

창식이는 늘 그래왔던 것처럼 조용히 맞고만 있었다. 어쩌면 고통이란 게 더 이상 느껴지지 않는 것인지도 몰랐다. 아이들은 창식이의 다리를 걸고 넘어뜨린 뒤 발로 밟고 머리를 때렸다. 이불을 덮고 있던 아이들의 울음소리가 점점 커졌다. 창식이를 때리던 무리 중 한 명이 이불을 젖히고 울고 있는 남자아이의 볼을 꼬집었다.

－야야, 적당히 좀 울어라. 다 깬다.

볼이 꼬집힌 남자아이가 자신의 볼을 꼬집은 손을 뿌리치며 소리쳤다.

－우리 형 때리지 마!

그때 창식이의 주먹이 날아가는 모습을 본 사람이 있었다면 얼마나 빠르고 강한 주먹이었는지 설명해줄 수 있었을 텐데, 아쉽게도 아무도 그 장면을 목격하지 못했다. 방은 무척 어두웠고, 그날의 밤처럼 축축

했고, 조용했기 때문이다. 그날 밤 창식이를 때리고 괴롭히던 그 아이들도 설마 창식이가 그렇게 빠른 주먹을 가지고 있었는지는 미처 몰랐다. 그건 창식이도 마찬가지였으리라. 어쩌면 창식이는, 친동생처럼 아끼는 동생들이 자신이 괴롭힘을 당해온 것만큼 괴롭힘을 당할지도 모른다는 두려움 때문에, 저도 모르게 주먹을 날린 것인지도 몰랐다. 그때까지만 해도 창식이는 자신이 그렇게 빠른 주먹을 날릴 수 있으리라고는 생각조차 하지 못했다. 생전 처음 날려보는 주먹이 모두 정확하게 맞을 리는 없었다. 빠르고 강한 창식이의 주먹은 둔탁한 소리를 내며 몇몇 아이들로 하여금 코를 움켜쥐고 비틀거리게 만들었지만, 일부는 허공을 가르기 일쑤였다.

-애미, 애비도 없는 새끼가 존나 개기네. 야, 밟아.

누군가가 외쳤고, 대여섯 명의 아이들은 모두 창식이에게 달려들어 주먹을 날리거나 발길질을 퍼부었다. 창식이 코에서는 코피가 터져 나왔고, 눈두덩이가 금세 부어올랐지만 아이들은 아랑곳하지 않고 창식이의 머리를 때리고, 가슴과 다리를 발로 짓밟았다. 그럼에도 창식이는 아프지 않았다. 아프다는 감정 저변에는, 정체를 알 수 없는 야릇한 쾌감이 깔려 있었다. 뭐랄까, 그건 창식이가 보육원에 들어와서 처음으로 느낀 자유와도 같았다. 주체할 수 없을 정도로 쏟아져나오는 분노와 증오감이 자유라는 표현으로 사용될 수 있다면 말이다.

창식이는 고아였다. 부모님은 이혼했다. 성격 차이였거나 한쪽의 불륜이 원인이었을 테지만, 창식이가 그것까지는 알 것 없었다. 두 분 모두 양육권을 포기했고, 창식이는 보육원으로 들어왔다. 다섯 살 무렵의 일이었다. 창식이가 보육원에 들어온 뒤로, 부모님은 한 번도 창식이를 찾아오지 않았다. 창식이는 밤마다 엄마와 소풍 가는 꿈을 꾸었다. 이제는 얼굴조차 희미한 엄마였지만, 꿈속에서 만난 엄마는 언제나 활짝 웃는 얼굴이었다. 낯선 생활에 대한 두려움과 부모님을 향한 그리움은 아무리 오랜 시간이 흘러도 빛이 바래지 않았다. 다만 익숙해질 따름이었다.

산다는 것보다 버텨낸다는 표현이 더 익숙한 시간 속에서 창식이는 메말라갔다. 기쁨도, 행복도 사라진 지 오래였다. 창식이에게 남은 것이라고는 비슷한 이유로 보육원에 들어온 동생들과 또래 친구들뿐이었다. 친구라고 하기엔 너무나 보잘것없는.

　　-어이, 부모 없는 새끼.
　　-야, 박창식. 병신아.
　　-박창식이는 병신이래요, 병신이래요, 병신이래요.

창식이는 싸우고 싶지 않았다. 싸움이 싫었기에, 그저 피하고 싶었을 뿐이었다. 게다가 키가 크고 빼빼 마른 창식이는 말수가 적고 조용했다. 아이들이 놀리고 괴롭혀도 아무런 반응을 보이지 않았다. 치기가 동할 대로 동한 아이들에게 창식이가 훌륭한 놀림감이 된 것은 어쩌면 당연한 일이었을지도 모른다. 아이들의 장난은 점점 심해졌다. 화장실에서 소변을 보는 창식이의 바지를 벗기는가 하면, 가방에 침을 뱉기도 했다. 지우개 가루를 아무렇게나 뭉쳐서 자고 있는 창식이 코와 입에 넣는 녀석도 있었다. 창식이는 얼굴을 찡그리고 불편한 기색을 내비쳤지만, 그래도 싸움은 싫었다.

그래봤자 비슷한 녀석들이었다. 가족에게 버림받은 그 아이들도 모두 창식이처럼 예쁜 꽃들이었다. 마음에 박힌 가시를 다스릴 힘과 용기가 없었던 그 아이들에게 창식이는, 창식이가 마침내 몸을 일으켜 세우기 전까지는, 어쩌면 좋은 분풀이 대상이었는지도 몰랐다. 누군가의 다급한 외침 덕분에 원장선생님이 부리나케 뛰어와서 싸움을 말리기 전까지, 창식이에게 맞은 모든 아이들의 얼굴은 심하게 일그러져 있었다. 앞니가 부러지거나 눈두덩이에 시퍼런 멍이 들어 있었다. 창식이도 입술이 터지고 볼이 발갛게 부었지만, 누가 봐도 멋진 한 판이었다.

원장님이 끓여주시는 라면은 무척 맛있었다. 세상에서 가장 맛있는 라면이라고 해도 믿을 수 있을 정도였다. 모두가 잠든 밤에 먹는 라면이었기에 더 꿀맛이었는지도 모른다. 일곱 명의 아이들은 부엌 식당에 둘러앉아 원장님이 끓여주신 라면을 누가 먼저랄 것도 없이 허겁지겁 먹었다. 라면 10개가 금방 바닥났다.

-더 끓여줘?

-네!

원장님은 빙그레 웃으시며 찬장에서 라면 10개를 더 꺼내셨다.

커다란 양은 냄비에 물을 팔팔 끓여서 봉지에서 꺼낸 참깨라면 10개를 냄비에 넣고, 스프와 미리 썰어둔 파를 한 줌 집어넣는다. 거기에 참기름과 고춧가루를 한 숟갈씩 넣고, 냉장고에서 갓 꺼낸 계란 3개를 풀어서 넣은 뒤 살짝 저어준다. 그리고 뚜껑을 덮지 않은 채 1분 30초를 끓인다. 어떤 날에는 만두와 가래떡을 넣어주시기도 하고, 카레 가루를 살짝 넣는 날도 있었다. 사실 재료나 요리 시간은 상관없었다. 일단 원장님의 손을 거치면 기가 막힌 라면이 만들어졌기 때문이다. 원장님이 라면을 끓이는 동안 아이들은 한마디도 하지 않은 채 가만히 라면을 끓이는 원장님 손만 바라보고 있었다.

-찬우랑 병수는 안 아프니?

-네.

-우빈이, 성재, 저기 뭐야, 민수, 그리고 태식이는? 너희들은 이빨 안 부러졌지?

-네.

작게 한숨을 내쉬는 원장님의 뒷모습을 바라보며, 아이들의 마음에도 작은 요동이 일었다. 어린아이들이었지만, 그들 모두 원장님에게 마음의 빚을 지게 되었다는 것을 느꼈는지도 모르겠다. 그리고 창식이에게 미안한 마음도, 또 알 수 없는 묘한 동질감도 생기는 것을 느꼈다. 무덤덤하게 앉아 있는 창식이의 얼굴에서 이전보다 조금은 긴장감이 덜어진 듯한 느낌은 있었지만, 의기양양한 표정 따위는 찾아볼 수 없었다.

이윽고 원장님이 김이 모락모락 올라오는 양은 냄비를 들고 오셨다. 아이들은 누가 먼저랄 것도 없이 냄비 속으로 젓가락을 들이밀었다. 그 모습을 바라보는 원장님의 미소는 무척 따뜻하게 느껴졌다.

-너희들은 다 가족이야. 꼭 피가 섞여 있어야만 가족이 되는 게 아니거든. 가족은 마음을 나눌 수 있어야 가족인 거야. 아직은 너희들이 어려서 마음을 나눌 수 있는 사람이 곁에 있다는 게 얼마나 큰 건지 잘 모르겠지만, 지금 이 순간이 어쩌면 너희 인생에서 가장 소중한 순간이었는지도 모르겠다고 생각하게 될 날이 올 거야.

원장님도 알고 있었을 것이다. 때로는 상처를 주고 상처를 받기도 하지만, 연약할 때 가장 큰 힘이 되는 존재가 바로 가족이라는 것을. 가족이라는 건 그런 게 아닐까.

-어릴 때는 다 싸우면서 크는 법이야. 혈기 왕성한 너희들도 시간이 지나면 서로가 서로에게 큰 힘이 되는 존재가 된다는 걸 알게 될 테지.

원장님의 따뜻한 미소, 자상한 마음씨, 아이들을 하나하나 대할 때마다 느껴지는 섬세하고 부드러운 사랑은 결코 인간이 만들어낼 수 있는 게 아니라고 창식이는 생각했다.

'원장님은 하늘에서 보내주신 천사일 거야.'

그럴 수밖에 없는 것이, 창식이는 한 번도 원장님이 주신 것과 비슷한 사랑을 받아본 적이 없기 때문이었다. 부모에게서도, 친구들에게서도, 주변 그 어느 사람에게서도 원장님이 주신 사랑처럼 따뜻한 사랑을 받아본 적이 없었다. 원장님은 하늘이 내려주신 천사였고, 어머니였으며, 하늘에 계신 하나님과 같았다.

수녀 출신의 원장님은 꽤 근사하고 멋진 분이었다. 아이들을 사랑하고 마음으로 품을 줄 아는 그녀는, 빼빼 마르고 말수가 적은 창식이에게 특별히 많은 사랑을 베풀어 주었다. 빼빼 마른데다 말수도 적지만, 왠지 정감 가는 녀석이라는 것을 그녀는 직감적으로 알고 있었다. 누가 볼세라 창식이를 몰래 불러 과자와 음료수를 주었고, 좋은 책과 필기구도 선물해주곤 했다. 창식이는 원장님에게 실망감을 안겨주지나 않을까 늘 노심초사했고, 원장님의 도움과 사랑에 해를 끼치지 않으려고 부던히 노력했다. 아이들과 치고받고 싸운 그날 밤에도 창식이는 원장님의 실망한 얼굴을 생각했지만, 결과적으로 훌륭한 선택이었다고 스스로를 위로했다. 그리고 창식이의 선택은 꽤 옳았다.

비가 온 뒤에 땅이 굳는다.

이보다 창식이와 여섯 명의 아이들을 잘 설명할 수 있는 속담이 있을까. 서로가 들판에 피어난 꽃인 줄 모르고 아웅다웅하던 녀석들은 어느새 서로의 상처를 보듬어줄 수 있는 둘도 없는 가족이 되어 있었다. 이미 한 번의 주먹다짐이 지나갔으니, 서로가 서로에게 가장 소중한 친구가 되었음은 물론이다. 빼빼 마르고 키만 크던 창식이의 얼굴도 포동포동하게 살이 오르기 시작했는데, 얼마 지나지 않아 고등학생이라고 해도 믿을 수 있을 만큼 덩치가 커져 있었다.

　창식이에게 두들겨 맞아서 앞니가 부러진 찬우랑 병수는 창식이와 둘도 없는 친구가 되었고, 나머지 네 아이들, 그러니까 우빈이, 성재, 민수, 태식이는 세 명의 아이들을 도와 보육원의 분위기를 만들어가는 데 일조했다. 때로는 따뜻하게 동생들을 보듬어주고, 때로는 부모님의 마음으로 호되게 야단도 치면서 아이들은 보육원 내에서 자신들만의 무리를 형성해 나가기 시작했다. 얼마 지나지 않아 일곱 명의 아이들이 하는 말은 곧 법이 되었고, 규칙이 되었다. 물론 거기에 어떤 법적 제제나 조항 따위가 존재하는 것은 아니었다. 창식이를 포함한 일곱 명의 형들은 동생들에게 절대 신뢰를 약속했다. 그들은 동생들에게 절대로, 어떤 일이 있어도 거짓말을 하지 않았다. 가족보다 더 가족 같아야 할 그들 사이에 거짓말이 존재한다는 것은 이미 한번은 버림받은 그들에게 두 번 상처를 주는 것이라고 생각했기에 오직 진실만을 이야기했다. 그렇다 보니 동생들도 형들을 잘 따라 주었다. 형들의 말 한마디에 아이들은 일사불란하게 움직였고, 형들의 지시사항에 토를 달거나 반항하는 아이들도 없었다. 서로에게 크고 작은 마음의 상처만 주던 아이들도 하나둘 가족과 같은 분위기에 동조되어 갔다. 이 모든 일의 중심에 창식이가 세워져 있었다.

원장님은 아이들을 무척 사랑스러워했다. 나이가 많든 적든, 성격이 모나든 차분하든 상관없이 똑같은 크기의 사랑을 아이들에게 부어주었다. 창식이도, 아이들도 모두 알고 있었다. 원장님은 결코 자신의 잣대로 아이들을 대하는 분이 아니라는 것을, 그래서 어떤 실수나 문제가 있어도 원장님에게는 하등의 문제가 되지 않는다는 것을. 아이들은 원장님의 그늘 아래에서 편안함을 느꼈고, 따뜻한 사랑을 느꼈다. 그 중에서도 원장님은 자신의 껍질을 깨고 나와서 조금씩 달라지고 성장하는 창식이를 무척이나 대견스럽게 생각했다. 치기 어린 싸움박질 끝에 얻은 쟁취라고 주변에서 욕을 하든 말든 상관없었다. 그녀에게는 오직 하루가 다르게 성장하고 달라지는 아이들을 향한 소망만이 자리 잡고 있었다.

그런 원장님이 꽤 편찮으셨다는 이야기를 들은 건 그로부터 불과 얼마 지나지 않은 어느 날이었다. 복도에서 마주치는 원장님의 얼굴은 날이 갈수록 수척해졌고, 몸도 야위어갔다. 그러다 어느 순간부터 원장님의 모습이 보이지 않았다. 얼마 못 가 다시 밝은 미소로 돌아오시겠지, 그저 편찮으신 거야, 하고 아이들은 생각했다. 하지만 그렇지 않을 거란 걸 아이들은 직감적으로 알고 있었다.

 원장님의 행방을 아는 아이들은 아무도 없었다. 차마 용기가 나지 않아서 물어보지 못했던 것이다. 얼마 후 다른 원장님이 오셨다. 날카로운 눈매, 다소 딱딱한 말투를 가진 원장님에게서는 때때로 사무적인 태도가 나오곤 했다. 친절하고 자상한 분이었지만, 앞선 원장님처럼 아이들을 예뻐하지는 않았다. 오직 자신에게 주어진 일이기에 어쩔 수 없이 한다는 듯한 태도로 아이들을 대하는 것이 느껴졌다. 밤에 라면을 끓여 먹는 일도 사라졌다. 그건 아이들에게 꽤 크고 놀라운 충격이었다. 자연스럽게 보육원 분위기도 바뀌었다. 원장님의 빈자리는 아이들에게 씻을 수 없는 상처를 남겼고, 원장님의 사랑 아래 가리워져 있던 증오와 반항심이 조금씩 올라오는 계기가 되었다. 아이들은 어른을 믿지 않게 되었고, 세상을 향하여 날카로운 칼을 세웠다. 누군가 구해온 담배를 조금씩 빌려 피우기 시작했고, 몰래 술도 마셨다. 처음엔 담배 연기가 익숙하지 않아서 기침도 나왔지만 이내 익숙해졌다. 담배 연기를 폐 깊숙이 빨아들일 때 느껴지는 그 고소함과, 처음 술을 입에 댔을 때 느껴지던 그 알싸한 달콤함은 아이들로 하여금 자연스럽게 쾌락에 빠져들도록 만들었다. 누군가 멱살을 잡고 따귀라도 한 대 후려치며 자신들의 실수를 바로잡아주기를 바라는 마음이 아이들에게도 있었지만, 거기까지였다. 어느 누구도 그들을 향해 관심을 기울이지 않았다. 그저 손가락질하며 비아냥거릴 뿐이었다.

-요즘 애새끼들은 싸가지가 없어.

-별것 있어? 가정교육이 문제지.

하지만 가정의 따뜻한 사랑 따위는 살면서 한 번도 경험해보지 못한 아이들이었다.

창식이와 아이들이 처음부터 악랄했거나, 별 볼 일 없는 고집과 아집을 무기 삼아 아이들 사이에 군림하게 된 것이 아니라는 게 이로써 명백해졌다. 어쩌면 창식이도 피해자였을 것이다. 작고 부드러운 가슴을 토닥거려주며, 두려움을 이겨낼 수 있는 힘을 쥐어 줄 수 있는 부모님, 혹은 교육자를 만나지 못했기 때문에 생긴 마음의 생채기를 가리기 위한 방비를 친 것이 너무 이른 담배, 오토바이 폭주, 패싸움이었는지도 모른다. 하지만 아직 어린 은재에게 창식이 형과 그 친구들의 상처를 이해할 만한 눈치나 이해심이 있을 리 만무했다. 은재에게 창식이는, 어른들이나 피울 만한 담배를 어디선가 구해와서 맛있게 피우는 무서운 형에 불과했다.

-그때 먹었던 라면이 참 맛있었는데.

학교 운동장 벤치에 앉아 하늘을 바라보던 창식이가 중얼거렸다.

-라면? 언제?

병수가 물었다.

-원장님 라면.
-아, 진짜 맛있었는데. 또 먹고 싶다.

여섯 명의 아이들도 입맛을 다셨다. 문득 병수가 창식이에게 물었다.

-준식 샘이 이야기한 개 누구냐, 은재인가? 개는 좀 어떤데?
-은재? 누군데?

성재가 되물었다.

-주미랑 친하다는 애 있잖아.
-주미?
-몽골에서 온 애 있잖아.
-아빠가 옛날에 유명한 탤런트였대. 몽골에 아줌마랑 결혼해서 낳은
애래.

이번에는 태식이가 대꾸했다.

-은재네 아빠가 돌아가셨대. 할머니랑 여동생이랑 같이 산다고 하더
라. 에휴, 뭐 그러냐. 아직 어린앤데.
-우리보다 낫지 뭐. 개는 할머니라도 계시잖냐.

-애는 착해 보이던데.

아이들의 이야기를 조용히 듣고 있던 창식이가 입을 열었다.

-준식 샘이 잘 챙겨주라고 했으니까 잘 챙겨야지.

창식이는 은재를 알고 있었다. 은재의 교실은 1층에 있고, 창식이의 교실은 3층에 있었기에 말을 걸어본 적은 없었지만, 준식의 반이라는 사실 때문에 알고 있었다. 무엇 때문에 그 녀석이 창식이의 마음에 와 닿았는지, 그 녀석의 어떤 부분이 마음을 열게 했는지 창식이는 알 수 없었다. 하지만 정이 가는 녀석이었다. 가무잡잡하고 작은 키, 꾀죄죄한 옷매무새, 슬퍼 보이는 눈망울은 창식이가 눈물을 닦아주었던 보육원 아이들의 모습과 너무도 닮아있었다. 자세한 이유는 알 수 없었지만, '어쩌면 저 녀석도 사랑받아야 하는 아이인지도 모르겠다.'라고 느꼈던 것이다.

준식이 창식이에게 다가와 했던 부탁도 그런 이유 때문이었을 것이다. 친절하고 자상한데다 우스갯소리도 잘하는 그였지만, 그날은 창식이의 얼굴을 바라보며 꽤 진지하게, 묵직한 목소리로 당부했었다.

-창식아. 사람은 누구나 때가 있어. 공부할 때가 있고, 공부한 걸 써먹어야 하는 때가 있어. 나처럼 학생들을 가르치는 사람은 가르치는 일

에 마음을 쏟아야 하는 때가 있지. 마찬가지로 사람은 사랑을 받아야 할 때가 있고 사랑을 베풀어야 하는 때가 있는 법이란다. 사랑해야 할 때도 있고, 용서해야 하는 때도 있고 말이야. 용서는 결코 말처럼 쉬운 일이 아니지만, 마음에 받은 사랑이 가득한 사람은 용서할 수 없는 상황에서도 용서할 수 있는 용기를 가질 수 있단다. 나는 창식이가 누군가를 용서할 수 있는 용기와 누군가를 위해서 사랑을 베풀 수 있는 마음을 가진 사람이 되었으면 좋겠다. 그게 선생님이 창식이에게 한 가지 부탁하고 싶은 거란다.

결코 거부할 수 없는 힘이 있었기에 가만히 선생님의 눈을 바라보며 그 이야기를 듣고 있었다. 선생님이 창식이를 불러 이야기를 할 때, 창식이는 선생님의 눈이 참 맑다고 생각했다. 반짝반짝 빛나는 선생님 눈에는 거짓이나 미움, 자신의 삐뚤어진 마음도 따뜻하게 안아줄 수 있을 거라는 진실된 마음이 담겨 있었다.

-있잖아. 깨끗한 물을 마시면 물이 몸에 쌓여 있는 나쁜 것들을 다 밖으로 내보내는 일을 한대. 건강한 물이 사람의 몸과 정신을 맑게 해준다는 거야. 그냥 물일 뿐인데, 사실 사람을 살리는 일을 한다는 거야. 신기하지?
-네.
-그런 것처럼, 사랑을 많이 받고 자란 사람은 마음에 사랑이 가득하기 때문에 아주 맑고 건강한 사람으로 자랄 수 있어. 창식이는 사랑을 많이 받고 자란 아이 같아서 선생님이 이야기하는 거야.

창식이는 선생님 말을 가만히 듣고 있었다. 선생님에게서 향긋한 비누 냄새가 났다. 왠지 익숙한 냄새였다.

-우리 반에 은재라는 친구가 있는데, 창식이의 도움이 필요한 것 같더라.
-아, 저 은재 알아요.
-아 그래? 어떻게 알아?
-어, 그냥요. 선생님 반 애잖아요.

딱히 둘러댈 말이 없었다. 창식이가 은재를 향해 느꼈던 연민, 혹은 그와 비슷한 감정을 말로 설명하기에는 창식이도 아직 어린아이였기 때문이다. 선생님이 빙긋 웃었다.

-그래. 최근에 그 친구 아버지가 돌아가셨는데, 그 어린 친구가 얼마나 힘들었겠니? 나도 많이 도와주겠지만, 아무렴 선생님보다 나이 차이가 크지 않은 형이 돌봐주면 더 낫지 않겠나 싶은 거야. 창식이 생각은 어때?
-제가 어떻게 도와줘요?
-마주치면 웃어 주고, 안부 물어봐 주기. 괴롭히는 친구가 있으면 가서 도와주기. 그 정도만 해줘도 은재에게 큰 힘이 될 거야. 어렵지 않지?
-네.

선생님은 창식이를 바라보며 환하게 웃었다. 그 미소가 참 좋아서,

창식이는 행복했다.

-야, 너 딱지 많네. 니가 땄나?

'반가워. 6학년 3반에 박창식이라고 해. 준식 샘한테 이야기는 들었어. 힘내고, 형 도움이 필요하면 언제든지 불러. 형이 도와줄게.'

자상하게 이야기하고 싶은 마음은 창식이에게도 있었다. 하지만 차마 입이 떨어지지 않았다. 오기나 자존심 때문만은 아니었다. 그건 일종의 치기에 불과했는데, 창식이 역시 따뜻한 사랑이 필요한 어린아이에 불과하다는 것을 알게 된 순간이었다.

-니가 땄냐고.
-네.

작아지는 은재의 목소리에 창식이는 당황했다. 창식이가 그토록 좋아하는 선생님이, 사랑을 많이 베푸는 아이가 되길 바란다고 이야기하신 선생님의 모습이 겁먹고 두려워하는 은재의 얼굴과 겹쳐졌다. 창식이는 어떻게 이 상황을 넘어가야 할지 도무지 알 수 없었다. 어떻게 마음을 표현하는지, 어떻게 해야 사람들에게서 귀하게 여김을 받는지, 어떻게 해야 사람들이 자신을 믿고 따르게 할 수 있는지 창식이는 전혀 몰랐다. 아무도 그에게 어떻게 살아야 하는지 알려주지 않은 탓이었다. 그러다 보니 창식이 입에서 저도 모르게 튀어나온 말이 딱지였다.

-야, 너 딱지 되게 잘 딴다. 이름이 뭐야?
-김은재요.
-은재. 3학년?
-네.
-몇 반?
-2반이요.
-준식 쌤 반이네.
-네.
-야, 새끼 좋겠다.
-네.
-네네. 뭐 네밖에 모르냐?

서로 먼저 안아달라고 보채던 보육원 동생들이 생각났다. 살을 부비며 지내는 동안 창식이의 마음에는 아이들에 대한 부성애 비슷한 감정이 생기는 것을 느낄 수 있었다.

'어쩌면 이 아이들은 하나님이 나에게 보내주신 선물인지도 몰라.'

잠들어 있는 아이들을 하나둘 바라보면서 창식이의 마음속에 들었던 생각이었다. 보육원 벽에 걸려 있는 십자가를 바라보면서, 창식이는 아이들을 위해서라면 자신이 가진 모든 것을 내려놓을 수도 있다고 다짐했다.

그런 창식이 앞에, 약간은 두려운 눈망울을 하고 창식이를 바라보고 있는 은재가 있었다. 창식이의 속마음은 그렇지 않았지만, 비슷한 또래 아이들이 살아온 삶의 방향과는 꽤 다르게 살아온 창식이의 말투는 은재가 듣기에 날카로운 질문처럼 들렸다. 지금 이 순간 창식이가 할 수 있는 최선의 표현은 은재의 머리를 쓰다듬는 것이었는지도 모르겠다. 은재의 가늘고 부드러운 머리카락을 쓰다듬으며 창식이는 보육원에서 눈물을 닦아주었던 아이들이 생각나서 저도 모르게 싱긋 미소지었다. 은재의 눈동자에 웃고 있는 창식이의 얼굴이 비춰졌다.

-다음에 보자.

'어쩌면 우린, 꽤 자주 만나게 될 거야.' 하고 속으로 되뇌며 창식이는 교실로 향했다. 그런 창식이의 마음을 아는지 모르는지, 아이들은 창식이의 뒤를 따라갔다. 겁먹은 목소리로 속삭이는 은재와 아이들의 목소리가 저 멀리 멀어졌다.

-은재는 만나봤니?

교무실에서 만난 선생님이 창식이에게 물었다.

-네.
-어떻든?

-착한 애 같았어요.

-그래, 잘했다. 창식이가 있으니까 선생님이 든든하네.

선생님이 창식이를 향해 미소 지으며 이야기했다. 창식이는 선생님의 얼굴을 바라보았다. 옅은 근심이 선생님의 얼굴에 어려 있는 것을 알 수 있었다.

-아버지가 은재를 아주 잘 키우셨더라. 싹싹하고, 예의 바르고, 인사도 잘 하고… 그래. 사랑하는 사람을 떠나보낸다는 게 참 힘든 일이지. 우리가 많이 도와주어야 하지 않을까?

-맞아요.

-창식이가 잘 챙겨주렴. 나도 많이 도와줄 테니.

-네.

고개 숙여 인사한 뒤 교무실 밖으로 나오려는데, 선생님이 다시 창식이를 불렀다.

-창식아.

-네?

선생님은 창식이를 향해 엄지 손가락을 치켜세우며 이야기했다.

-나는 창식이처럼 리더십이 뛰어나고, 친절하고, 또 겸손한 학생은 만

나본 적이 없어. 내가 교사 생활을 시작하고 만나본 학생 중에 창식이
가 최고의 학생이었어. 고맙다, 창식아.

창식이는 싱긋 미소 지으며 고개를 숙여 인사하고 교무실 밖으로
나왔다.

갑작스러운 선생님의 칭찬에 창식이도 당황스러운 것은 마찬가지
였다. 그러나 창식이는, 선생님이 '고맙다', '사랑한다', '최고의 학생이
다' 등의 표현을 아무런 거리낌 없이, 누구에게든지 마음껏 쏟아부어
주는 분이라는 것을 알고 있었다. 창식이에게 있어 선생님은, 아니 창
식이나 은재뿐만 아니라 다른 누구에게도, 늘 자신이 가지고 있는 마
음속 따뜻한 행복과 소망을 불어넣어 주기 위해 최선을 다하는 분이
었던 것이다. 선생님은 그런 분이라는 것을, 그래서 선생님이 필요로
하는 모든 것들을 돕고자 하는 마음이 창식이의 마음에 깊게 새겨지
는 것을 창식이가 모를 리 없었다. 그렇게 선생님에게 고마움과 존경
하는 마음이 드는 동시에, 또 다른 기억들이 떠올랐다.

　-내가 너 때문에 김효숙 선생님한테 부끄러워 죽겠다, 부끄러워 죽겠
어. 으이구 이놈아! 정신 좀 차려라!

김효숙 선생님의 책상 앞에 자신을 세워 놓고 출석부로 머리를 때
리며 비아냥거리던 황은주 선생님은 창식이가 4학년 때 담임선생님이

었다. 늘 인자한 미소를 짓고 계신 분이었지만, 아이들을 대하는 태도
는 결코 인자하지 않았다.

-너네 엄마는 집에서 뭘 하시길래 숙제도 똑바로 안 봐주시니?
-됐다, 됐어. 너한테 기대한 내가 잘못이지. 에이그.

인격모독까지는 괜찮았다. '보육원에서 자라서 애가 저 모양인가?'
라는 혼잣말을 듣는 것도 이해할 수 있었다. 보육원에서도 으레 듣던
소리였고, 부모님은 애시당초 기억에도 없는 존재였으니까. 교사의 권
위라는 것을 향한 반항과 세상을 향한 지독한 배신감이 창식이의 마
음속 깊은 곳에 새겨지기 시작한 것도 그 무렵이었다. 그리고 그것은
곧잘 주먹질과 도둑질로 표출되어 나타났다. 오토바이를 훔치다가 걸
려서 죽도록 두들겨 맞은 적도 있었지만 그때뿐이었다. 마음의 상처
보다 육체의 상처는 더 빨리 아물었다. 게다가 창식이의 주먹과 발차
기는 표범처럼 빨랐고, 날카로웠다. 어두운 길거리가 익숙해진 무렵
이 되어서는 어느 누구도 창식이를 건들지 못했다. 창식이 뒤에는 길
거리에서 마음을 나누었던 많은 친구와 형, 누나들이 있었다. 창식이
의 전화 한 통화면 줄잡아 수십 명의 형, 누나들이 그를 도와주러 달려
올 것이라는 사실을 창식이는 알고 있었다. 그러나 창식이는 자주 외
로움과 괴로움에 사로잡혔다. 슬픔과 외로움을 삭이지 못해 쏟아내는
주먹질과 형들에게서 배운 담배는 일시적인 쾌감을 허락해줄 뿐이었
다. 잠깐이나마 자유로움을 느꼈지만, '나는 누구일까, 왜 이렇게 살아

야 하는 걸까, 언제까지 이렇게 살아야 하는 걸까' 하는 고민 앞에서 창식은 자주 흔들렸다.

어느 누구도 황은주 선생님의 그림자에서 벗어날 수 없었다. 아이들은 황은주 선생님과 김효숙 선생님을 무서워했다. 아니, 솔직히 말해서 무서운 감정은 아니었던 것 같다. 무서워한다기보다는 싫어했다. 대부분의 선생님이 그러하듯 아이들에게 따뜻한 눈길 한 번 주지 않는 선생님들이었기에, 사랑과 관심을 먹고 자라나는 아이들에게 인기가 있을래야 있을 수가 없었다.

복도에서 황은주 선생님과 김효숙 선생님을 마주칠 때마다 창식이는 표정이 굳어짐을 느꼈다. 고개 숙여 인사를 하면서도 존경심이라고는 찾아볼 수 없었다. 오늘은 출석부로 머리를 맞지 않을까, 약간은 두려운 마음으로 인사를 하면서, 속으로는 '별 볼 일 없는 사람들'이라고 곱씹으며 지나갔다. 그리고 그게 사실이라고 믿고 싶었다. 너네 선생이라는 것들은 대부분 똑같은 년놈들이니까, 하고 생각하며.

그럴 수밖에 없었다. 창식이가 만난 모든 사람은 지독하게 자기 자신만을 사랑했고, 그렇기에 타인의 행복과 즐거움에는 눈꼽만큼도 관심이 없었으며, 세상을 향해 악다구니를 쓰며 지독하게 앞으로만 나아가는 행동을 반복하는 사람들이었기 때문이다. 파란 곡절 정도야 때

묻지 않은 순수함을 가진 나이이기에 감당해낼 수 있다손 치더라도, 진심이 담겨 있지 않은 사람들의 얼굴을 보고 있노라면 온몸이 파들 거렸다. 다만 패싸움으로 시작했지만 결국은 영혼의 모양까지 비슷해져 버린 보육원에서의 친구들, 그들과 오랜 시간을 함께한 원장님, 그리고 지금의 선생님을 만나면서 고독하고 예민하기만 했던 창식이의 영혼이 조금은 밝은 빛을 되찾은 듯했다. 슬픔과 외로움으로 가슴이 채워진 창식이에게 남겨진 사람들은 온 마음을 다해서 창식이를 사랑해주었고, 창식이의 마음속 세밀한 구석구석까지 관심을 갖고 지켜봐주었다. 창식이의 마음 저변에 깔린 증오와 슬픔은 얼음장보다 차갑고 서릿발보다 매서웠지만, 창식이 곁에 있는 사람들에게서 받은 사랑과 관심, 칭찬 덕분에 더 이상 큰 문제를 일으키지 않고 지낼 수 있었던 것도 사실이었다.

학생주임이었던 준식은 은재가 있는 교실의 담임이었지만, 모든 아이들이 준식을 좋아했다. 웬지 다른 세상에서 살고 있는 사람처럼 느껴졌기 때문이었다. 아이들의 마음을 놀랍도록 세밀하게 이해할 줄 알았고, 옳고 그름을 분별할 수 있는 능력도 있었다. 그런 선생님의 부탁이었기에, 창식이는 허투루 은재를 대할 수 없었다. 무슨 일이 있어도 은재라는 아이를 돕고, 지켜야 한다는 생각이 머릿속에 가득했다. 창식이는 은재에 대해 곰곰이 생각했다. 선생님이 잘 도와주고 이끌어주라고 하셨기 때문에 허투루 관계를 유지해서는 안 될 일이었다.

적어도 은재에게 있어서만큼은 믿고 의지할 수 있는 좋은 형이 되고 싶었다.

한동안, 어쩌면 꽤 오랫동안, 창식이는 은재를 생각했다. 어떻게 하면 은재의 마음을 얻을 수 있는지, 어떻게 해야 은재가 자신을 좋아하도록 만들 수 있을지에 대해 곰곰이 궁리했던 것 같다. 은재에게는 커다란 그림자처럼 보이는 창식이였겠지만, 창식이도 이제 중학교에 올라갈 준비를 하는 어린이에 불과했다. 그런 창식이에게 남아 있는 것은 작은 손과 가슴, 그리고 따뜻한 순진함이었다.

창식이는 학교 앞 문구사로 발걸음을 옮겼다.

11

딱지

다닥다닥 붙어 있는 건물들 사이로 해는 조금씩 기울어지고 있었다. 학원을 마친 은재는 서둘러 집으로 향했다. 유치원 차량이 오는 시간에 맞춰서 소연이를 데리러 가야 했기 때문이다. 할머니가 경로당에 가시는 수요일, 금요일에는 은재가 소연이를 데리고 가서 씻기고, 밥을 먹였다. 나는 동생을 돌볼 책임이 있어. 은재의 여린 마음이 은재의 귀에 속삭이곤 했다. 작고 연약한 책임감이었다.

집으로 가는 길에 모퉁이를 돌았는데 앞에서 오던 선혁이랑 마주쳤다. 5학년인 선혁이는 은재가 태권도 학원에서 만난 형이었다. 선혁이 형은 은재를 좋아했다. 관장님 몰래 은재의 고추를 만지거나, 가만히 앉아 있는 은재의 볼에 뽀뽀하곤 했다. 언젠가 탈의실에서 은재의 바지를 벗기려다가 은재의 울음소리를 듣고 달려온 관장님 덕분에 아무 일도 없었다는 듯 은재를 다독여 준 적도 있었다.

-학교에서 선생님한테 혼났다고 해서 달래주고 있었어요.

관장님은 선혁이 형을 싫어하는 것 같지 않았다. 딱히 또래 친구들처럼 볼강대는 면도 없는 데다, 인사도 잘하고 씩씩한 면이 분명히 있었기 때문이었다. 사근사근한 면도 있어서 여학생들에게도 인기가 좋았던 선혁이는, 그러나 은재 앞에만 서면 완전히 다른 사람이 되었다. 은재는 자신의 바지에 손을 넣으면서 '가만히 있어 봐.' 하고 귓가에 속삭이던 선혁이의 목소리가 떠오를 때면, 강한 불쾌감 때문에 귓불이 달아오르며 등줄기에 식은땀이 흐르는 걸 느꼈다.

태권도 학원에서 선혁이 형을 볼 수 있었던 날은 얼마 되지 않았다. 언젠가 할머니에게 '태권도 학원 이제 그만 다니고 싶다.'는 말이 올칵 넘어왔는데, 할머니가 꼬치꼬치 캐물은 것이었다.

　-무슨 일 있나?
　-아니.
　-무슨 일도 없는데 잘 다니던 태권도를 각주에 그만두나?

연륜年輪이랄까.
남편이 먼저 죽고, 먼 타국땅에서 시집 와서 시아버지의 똥오줌까지 받아내며 성심성의껏 뒷바라지하던 며느리도 도망가고, 이후엔 참척의 아픔까지 겪은 할머니는 칠순을 바라보는 노인답지 않게 눈치가 빨랐다. 은재의 눈을 빤히 쳐다보는 할머니의 면전에 대고 거짓말을 할 용기가 나지 않았다. 무엇보다 선혁이 형이 했던 행동이, 아버지와 할머니가 태권도 학원까지 찾아와 선혁이 형의 먹살을 틀어쥐고 고래고래 옥박지를 정도로 심각한 상황이었는지 은재는 몰랐다. 선혁이 형은 더 이상 태권도 학원을 다닐 수 없게 되었고, 학교에서도 무슨 이유에선가 잘 보이지 않게 되었다. 어쩌다 마주치더라도 은재를 가만히 내려다볼 뿐이었다. 그러나 그 눈빛에는 알 수 없는 어두움과 냉정함, 일종의 광기가 숨어 있음을 눈치챈 은재는 먼발치에서 선혁이 형이 보이는가 싶으면 곧바로 뒤로 돌아 다른 길로 돌아가곤 했다. 어떤 날엔 종종걸음이었고, 또 어떤 날에는 달음박질이었다.

그 선혁이 형을 집으로 가는 길에 마주친 것이었다.

덜컥 겁이 난 은재가 뒤로 돌아 뛰어가려고 하는 찰나, 선혁이의 낮은 목소리가 들렸다.

　-야, 거기 서.

은재는 그 자리에서 선혁이 형을 가만히 바라보고 있었다. 뛰고 싶었지만, 차마 걸음이 떨어지지 않았다. 심장이 빠르게 뛰고 있었고, 가방끈을 쥔 손가락에서 땀이 배나오는 걸 느꼈다. 은재 손으로 한 뼘 정도는 커 보이는 선혁이가 은재를 향해 걸어왔다. 그리고는 다짜고짜 은재에게 물었다.

　-니 뭔데?
　-예?

-니 뭐냐고?

-…

　둔탁한 통증이 가슴에 느껴지는가 싶더니, 은재의 몸이 휘청거렸다. 선혁이가 어른의 고된 손만큼 아물지 않은 주먹으로 은재의 가슴을 때린 뒤 옆통수를 손바닥으로 때린 탓이었다. 맞은 부위가 얼얼했다. 도망치고 싶었지만, 차마 선혁이의 눈을 마주할 용기가 나지 않아서 손바닥으로 옆통수를 문지르며 선혁이가 입은 티셔츠만 가만히 바라보고 있었다.

　-왜 도망다니는데? 이 병신아.

　말이 끝나기 무섭게 선혁이의 발길질이 은재의 허벅지와 배로 연이어 날아왔다. 다리와 배를 발로 차인 은재가 배를 움켜쥐고 아픈 시늉을 하며 두어 걸음 뒤로 물러났다. 두려움과 공포심 때문에 별로 아프다고 느껴지진 않았지만, 얼른 이 상황을 피할 수만 있다면 어떻게든 아픈 척을 해야만 한다는 판단이 들었기 때문이었다. 아빠 얼굴, 고모 얼굴, 할머니 얼굴, 선생님 얼굴이 머릿속에 떠올라 눈에 눈물이 영영 해오는 것을 느꼈다.

　아무리 생각해봐도 은재는 잘못한 게 없었다. 잘못은 선혁이 형이 했고, 그에 걸맞는 합당한 댓가를 치른 것일 뿐이었다. 그런데도 은재는 왜 맞아야 하는지 영문도 모른 채 선혁이에게 맞고 있었다. 뭐, 그게 중요한 건 아니었을지도 모르겠다. 이유야 어찌 되었건 선혁이 형은 은재 때문에 태권도 학원에서 호되게 야단을 맞고 더 이상 학원에 발을 들여놓을 수 없게 되었는 데다, 학교에서도 함부로 망패한 짓을 하고 다니는 불량한 학생으로 소문이 퍼졌기 때문이었다.

　-남자애 바지 벗겨놓고 거기 만지고 그랬단다.
　-미친 새끼네. 변태가?
　-그렇겠지. 그 새끼 남자 좋아한단다.

　복도에서 형, 누나들이 나누는 대화를 우연히 들은 은재는 자신의 이야기라는 것을 알 수 있었고, 야릇한 쾌감을 느끼면서도 한편으로는 두려운 마음이 드는 것은 어쩔 수 없었다. 누군들 그렇지 않겠는가? 상대는 은재보다 키가 크고 힘이 센 학교 형이다. 세상에 태어난 지 10년밖에 되지 않은 어린 은재가 자기보다 키가 큰 학교 형을 상대로 싸움에서 이길 리 만무했다. 어쩌면 그 형의 주변 친구들에게도 은재에 대해 안 좋은 소문이 퍼졌을 수 있다.
　'그래서 이렇게 맞아야 하는 걸까? 나는 잘못한 게 없는데…'
　학교폭력신고 112. 학교폭력신고 112. 지금 이 순간 은재의 머릿속에 떠오르는 단어라고는 어디선가 본 적이 있는 학교폭력신고 112밖에 없었다. 머릿속은 복잡했지만, 지금은 아무 생각도 나지 않았다.

-어디 가서 함부로 내 이야기 하고 다니지 마라. 알았나?

-예.

은재는 차마 선혁이의 얼굴을 쳐다볼 용기가 나지 않았지만, 선혁이의 얼굴은 굳은 채로 벌겋게 달아올라 있었을 거라 굳게 믿었다. 그러나 은재는, 선혁이의 입꼬리가 슬며시 올라가는 모습을 분명히 확인했다. 어쩌면 비웃음이었을 수도 있고, 패자 없는 승자의 승리를 자축하는 의미에서 저 나름대로의 기쁨을 만끽하는 것일 수도 있었다.

한참 동안 은재를 바라보던 선혁이는 바닥에 침을 탁 뱉고는 은재의 어깨를 치고 어슬렁어슬렁 걸어갔다. 알 수 없는 욕지거리를 내뱉으며 걸어가는 선혁이의 뒷모습을 바라보던 은재도 선혁이가 오던 길로 걸어갔다.

더 이상 아프지 않았다. 두렵지도 않았다. 꽤 놀라긴 했지만, 이렇게라도 몇 대 맞고 끝날 수 있었다는 안도감이 은재로 하여금 고통에서 벗어날 수 있도록 구원해준 탓이었다. 덤덤하게 배에 묻은 흙을 털고 선혁이에게 맞은 옆통수를 문지르며 길을 가는데, 갑자기 눈물이 왈칵 쏟아졌다. 앙분풀이를 할 요량은 아니었지만, 잘못한 게 없는데 맞는 것처럼 억울하고 답답한 일이 있을까 싶어서였다. 영문도 모른 채 맞았다는 서러움이 은재의 마음에 가득 차올랐다.

-먼저 친구를 때리거나 괴롭히면 안 돼. 절대 그런 장난은 치지 마. 아

주 무례한 행동이야. 무례하다는 게 무슨 뜻이냐면, 잘못된 행동을 하면서도 잘못된 줄 모르는 것을 무례하다고 이야기하는 거야.

-그럼 누가 나 때리면 어떻게 해?

-일단 먼저 맞아. 먼저 맞은 뒤에는 때려도 돼. 그걸 정당방위라고 하거든.

-정당방위? 그게 뭔데?

-쉽게 이야기하면 이런 거야. 내가 먼저 맞았다, 그래서 상대방으로부터 나를 지키려고 맞서서 때린 거다, 하고 설명하는 거지. 정정당당한 행동이었다고 인정될 수 있는 거야. 일단 먼저 맞아. 그리고 더 세게 때려. 절대 우리 아들을 괴롭히지 못하도록 아주 흠씬 두들겨 패줘야 해. 대신에 먼저 맞기 전에는 절대 먼저 때리면 안 돼. 알겠지?

-응, 알겠어.

아버지의 말이 옳다, 그르다를 판단하기에 은재는 너무 어렸다. 그러나 아버지가 은재를 가슴 깊이 사랑하고 있다는 것은 아버지의 눈길과 손길, 대화 속에서 느낄 수 있었다. 아버지와 나누던 대화들이 생각났다. 아버지는 항상 은재와 눈을 마주치고 이야기하셨다. 허리를 굽힌 채로, 무릎을 굽힌 채로, 아니면 바닥에 앉은 채로 은재와 대화를 나누었다. 아버지와는 항상 같은 눈높이에서 이야기를 나누었었지. 아버지의 눈은 크고 맑았다. 약간은 슬픔에 젖은 빛도 있었지만, 은재가 이해할 수 있는 슬픔은 아니었다. 그러다 이제는 영원히 볼 수 없는 아버지의 얼굴이라는 데까지 생각이 미치자, 은재가 처한 지금 이 상황이 말할 수 없을 정도로 비참하게 느껴졌다.

일단 눈물이 터져나오자 걷잡을 수 없을 정도로 큰 서러움이 올라왔다. 오늘 있었던 일은 아무렇지 않은 척 홀홀 털고 잊어버릴 수도 있는, 그런 일인지도 모르겠다. 까짓거 몇 대 맞을 수도 있지. 별로 아프지도 않네. 근데 앞으로 만나게 될 수많은 어려움은 어떻게 해야 할까. 빼곡한 건물 사이로 조금씩 노을이 지는 하늘을 바라보면서 은재는 어두운 세상에 혼자 남은 것만 같은 두려움을 어떻게 감당해내야 할지 몰라 손등으로 눈물을 훔치면서 그 자리에서 엉엉 울어버렸다.

그때, 저 앞에서 낯익은 한 무리가 은재 쪽을 향해 걸어오고 있었다. 조금은 불량스러워 보이는, 그러함에도 불구하고 왠지 모를 친근함이 느껴지는 그들의 존재를 인식한 순간부터 눈물이 폭포수처럼 쏟아졌다. 주체할 수 없는 눈물이 은재의 볼을 타고 흘러내렸다. 우연의 일치였던 것일까, 아니면 하늘의 도우심이었던 걸까. 창식이와 그 무리는 좁은 골목길에 우두커니 서서 눈물을 펑펑 쏟고 있는 은재를 발견하고는 부리나케 뛰어 왔다.

-어? 야, 니 3학년 2반에 김은재 아이가?
-니 왜 우는데? 뭔 일 있나?

변성기에 접어들기 전, 소년의 목소리라고 하기엔 조금은 거친 목소리로 창식이와 아이들이 물으며 은재의 눈물을 닦아주었다. 창식이의 부드러운 손길이 은재의 얼굴에 와닿자 따뜻하고 순수한 창식이의 마음이 은재의 마음에 포근한 안정감을 심어주었다.

  -선혁이 형이 때렸어요.
  -선혁이? 선혁이가 누군데?
  -태권도 학원에 다니던 형이요.

은재가 코를 훌쩍이며 이야기했다. 눈물이 차츰 잦아드는 것을 느
꼈다.

  -우리 학교? 금마 몇 학년인데?
  -5학년이요.
  -야, 5학년에 선혁이라는 애가 있나?
  -몰라. 근데 왜 맞았는데?

옆에서 라면 과자를 먹던 태식이가 물었다.

  차마 이야기하지 못한 진실은 결국 왜곡되거나 기억에서 사그라들
기 마련이다. 어쩌면 은재 앞에 서 있는 이 사람이 든든한 아군이 되
어줄지도 모르는 지금과 같은 상황에서, 두려움에 떨며 입만 꾹 다물
고 있기보단 그에게 진실과 억울함을 낱낱이 호소하여 도움을 구하는
것이, 그러니까 이 거칠고 날카로운 눈매를 가진 형에게도 타인의 상
처를 보듬어줄 줄 알고, 이해할 수 없는 상황도 이해할 수 있는 따뜻한

228

가슴과 선한 눈동자가 있을 거라고 믿는 것이 더 나은 선택일지도 모른다고 은재는 생각했다.

이야기의 자초지종을 들은 아이들, 그러니까 창식이 형과 친구들은 학교에서 형, 누나들이 하던 이야기를 그대로 뱉어내기 시작했다.

-완전히 쳐돌았네. 미친놈이 대가리 빠개졌나?
-야, 그 새끼 내일 죽이자. 진석이한테 그 새끼 몇 반인지 물어볼게.

일곱 명의 형들은 자상하게 은재를 다독여주었다. 은재의 눈이 라면 과자를 향하고 있는 것을 본 태식이는 먹던 라면 과자를 은재의 손에 쥐어주기까지 했다. 옅은 담배 냄새와 라면 냄새가 뒤섞여 묘한 감정을 불러일으켰다. 아버지한테서 나던 냄새와 비슷하다고, 은재는 생각했다.

담배 냄새가 묻어나는 태식이 형, 창식이 형, 그들의 친구들은 분명히 학교에서 문제아로 낙인찍힌 부류였다. 무슨 애들이 6학년인데 벌써부터 담배를 피우고 난리야. 참 말세다 말세야. 선생님들이 하는 이야기였다. 은재의 생각도 그랬다. 몰려다니며 싸움박질을 하고, 골목길에서 담배를 태우고, 듣기만 해도 민망하고 거북한 욕을 아무렇지 않게 내뱉는 그들의 모습에서 두려움을 넘어 경멸하는 마음까지 들었던 게 사실이었다. 오늘 일은 두고두고 고마워해야 할 일인 것은 사실이다. 그러나 평소 그들의 행동들이 옳았다거나 용기 있는 행동이었다고 생각하는 것은 아니었다. 잘못한 건 잘못한 거야. 평소에 아무리 잘못했을지라도 잘한 건 잘한 거고, 평소에 아무리 잘했을지라도 잘못한 건 잘못한 거야. 아버지가 자주 하시던 말씀이었다.

  그럼에도 불구하고, 은재는 형들에게서 왠지 모를 친근감을 느꼈다. 거칠고 험악해 보이는 그들의 눈빛과 말투 뒤에는 말로 형언할 수 없는 슬픔의 잔재가 숨어 있는 것처럼 느껴졌다. 지금은 곁에 없는 아버지의 눈빛이 그랬던 것처럼.
  선혁이 형은 정반대였다. 깔끔하고, 예의 바르고, 잘생기기까지 한 선혁이 형에게서 담배 냄새 같은 게 묻어날 리 없었다. 뒤진다. 가만히 있어, 이 개새끼야. 속삭이듯이 이야기하며 은재의 바지를 벗기던 선혁이 형의 머리에서는 오직 향긋한 샴푸 냄새만 은은하게 풍겨질 뿐이었다. 향긋한 샴푸 냄새가 은은히 풍겨나는 선혁이 형의 머리를 자상하게 쓰다듬던 관장님의 얼굴이 문득 떠올랐다.

  -야, 이거 너 해라.

  은재의 상념을 먼저 깨트린 것은 창식이의 주머니에서 나온 소장판 대왕황금딱지였다.

  -그거 뭔데?

230

창식이가 은재의 손에 쥐여준 딱지를 본 병수가 물었다.

-딱지. 1, 2학년 애들이 이거 보고 환장한다.
-딱지? 존나 크네.
-근데 은재는 3학년이잖아.
-뭐, 어쨌거나.

두꺼비같이 생겼네, 진짜 금이가, 박향선이 얼굴만 하네. 아이들은 저마다 죄 없는 황금딱지를 향해 애꿎은 악담을 한마디씩 던지기 시작했다. 작고 어린 손을 가진 꼬마 아이들의 심장을 한없이 두근거리게 하던 소장판 대왕황금딱지는 고사리만 한 은재의 손에 가만히 쥐여진 채로, 그동안 단 한 번도 경험해보지 못한 온갖 수모를 온몸으로 감당해내고 있었다. 그러거나 말거나 희멀겋던 은재의 얼굴은 난데없이 손에 쥐어진 황금딱지 때문에 금세 화색이 연연해졌다. 난데없이 굴러들어온 황금대왕딱지가 아닌가. 선혁이 형에게 맞은 것도, 좀전의 서러움도 말끔히 마음에서 씻어낼 수 있을 만큼 대단한 위력을 대왕황금딱지는 가지고 있었다. 아이들은 어느덧 눈물이 가신 은재의 얼굴을 바라보며 저마다 한마디씩 위로의 말을 해주기 바빴다.

-하여간 아까 금마, 금마 이름 뭐였지, 금마. 금마는 우리가 알아서 잘 처리할 테니까 울지 마라. 남자는 그런 걸로 우는 거 아이다.
-그래, 맞다. 뭔 일 생기면 우리한테 온나. 우리가 조져 주께.

-담에 또 맞으면 우리한테 바로 이야기해라. 바로 찾아가서 작살 내뿐다.

-그래그래. 인생은 쓰고 뭐는 달다, 그런 말도 있다 아이가. 힘내라.

-인생이 쓰긴 뭐가 쓰노, 존나 달지. 맞나 아이가, 은재!

그 순간, 은재는 더 이상 자신이 외롭지 않다는 것을 알았다. 은재가 느끼는 두려움과 슬픔이 저들에게는 충분히 이겨낼 수 있는 어려움이라는 사실이 무척이나 큰 위안으로 다가온 것이었다. 그래서였을까, 은재의 마음에도 이전에는 가져보지 못한 담대함과 용기가 채워지는 것을 조금씩 느낄 수 있었다. 마치 알에서 깨어난 거북이들이 한 번도 떠나본 적 없는 머나먼 바다를 향해 나아가면서도 본능적으로 바다의 심연을 유유히 항해하듯이.

⑫
선생님

가을이었다.

좀 더 자세하게 그날의 가을 냄새에 대하여 설명하자면, 건강한 초록빛을 뽐내며 하늘을 향해 마음껏 찬양하던 잎사귀들이 조금씩 그 생기를 잃어가고, 따뜻한 햇살이 꽤 반갑게 느껴지는 11월의 어느 토요일 오전 7시 57분이었다. 보기만 해도 포근한 향기가 온 세상을 감싸는 낙엽이 무수히 떨어진 기차역에 은재는 도착했다. 11월의 아침은 무척이나 추웠다. 정거장에는 직행버스를 기다리는 사람들이 줄지어 서서 하얀 입김을 쉼 없이 만들어내고 있었다.

은재는 혼자 생각에 잠겨 있었다. 어깨를 잔뜩 웅크리고 두터운 목도리에 고개를 파묻은 젊은 남성이 종종걸음으로 플랫폼 안으로 들어가고 있었다. 한 손은 주머니에 꽂고, 한 손에는 아이스 아메리카노를 들고 종종걸음으로 플랫폼 안으로 들어가는 그의 안경에는 하얀 서리가 내려앉아 있었다. 그의 모습을 물끄러미 바라보던 은재는 아침부터 호객행위를 하고 있는 택시를 탔다.

-어디로 모실까요?

-하늘요양병원이요.

뒷유리에는 깊은 서리가 내려앉아 있었다. 가을 아침 날씨의 영향이었는지는 모르겠지만, 가을 낙엽 위에도 뿌연 서리가 내려앉아서 가을 아침햇살을 반짝거리며 비추고 있었다. 택시가 출발했고, 은재는 창밖의 낙엽을 바라보며 내면의 기억 속으로 침잠해 들어갔다.

오랜 시간이 흘렀다. 그 사이에 은재에게도 크고 작은 변화가 있었다. 그 변화는 지난한 시간들의 반복 가운데 이루어지기 마련이다. 중학교에 들어갈 무렵 할머니마저 돌아가셨고, 은재와 소연이는 창식이와 형들을 따라 보육원에 들어갔다. 고모가 계신 서울로 갈까 생각도 했지만, 고향을 떠나 아무도 없는 곳으로 떠나고 싶지는 않았다. 어쩌면 창식이 형과 친구들이 있는 보육원이 더 나을지도 모르겠다는 생각에 선택한 결정이었다. 처음에는 보육원 입소를 완강히 반대하던 고모였지만, 은재의 간절한 부탁과 나름대로 정리한 구체적 계획을 면밀히 검토한 뒤, 고등학교 졸업 후에는 서울에서 함께 생활하기로 굳게 약속한 뒤에야 비로소 은재 편을 들어주었다.

성인이 되어 보육원의 친구들은 모두 세상 밖으로 나서야 했지만, 은재는 대학을 선택했다. 고모의 전폭적인 지원도 있었고, 먼저 성인이 된 창식이 형과 친구들의 조언도 도움이 되었던 것이 사실이었다.

하지만 무엇보다 은재에게는 아무에게도 말하지 않은 분명한 꿈, 목표가 있었다. 그 꿈을 이루기 위해서라면 대학에 들어가야 했다. 군에서 제대하고 난 뒤 복학해서는 교환학생으로 필리핀에도 다녀올 수 있었다. 학업의 연장선이라는 이유였지만, 기억조차 희미한 어머니를 만나고픈 마음에 다녀온 필리핀이었다. 복잡한 행정절차, 비용, 어머니의 나라임에도 불구하고 은재에게는 전혀 익숙하지 않은 언어, 그로 인한 소통의 문제까지 어느 것 하나 쉽게 해결되는 것이 없었다. 그러나 은재는 묵묵히 기다렸다. 지난한 세월 속에서 차곡차곡 채워져간 지난한 시간의 연속이었음에도 불구하고, 은재는 묵묵히 그 시간들을 견뎌냈다. 숱한 우여곡절 끝에 만난 어머니는 홀로 작은 식당을 하고 계셨다. 은재와 소연이를 끌어안고 한없이 눈물만 흘리는 어머니의 등을 은재는 조용히, 그러나 부드럽게 쓰다듬어주었다. 언어가 통하지 않음에도 불구하고, 어머니의 눈동자에 비춰지는 자신과 소연이의 모습이 어머니와 무척 닮았다는 사실만으로도 큰 위안을 얻을 수 있었다.

어머니를 마주하고 나서야 비로소 어머니에게도 나름의 사정이 있었다는 것을 알게 되었다. 물심양면으로 도와준 한국인 친구를 위해 보증을 섰다가 사기를 당했고, 악착같이 모아둔 돈들도 투자라는 명목 아래 여기저기에 넣어 보았지만, 그마저 자취기화라는 것을 알았을 때는 도저히 회생할 수 없는 상황에까지 이르렀더라는 사실을, 엄마는 은재를 앞에 두고 덤덤히 이야기했다. 그저 잘 살아보고 싶었노라는 엄마의 말에, 은재는 아무 말 없이 엄마를 토닥거려주었다. 지금에 와서 은재와 소연이를 두고 떠난 엄마에게 왜 자신들과 아빠를 두고 떠났느냐고, 자식들을 버려두고 떠난 뒤에 눈에 밟히지 않더냐고 소리치며 잘잘못을 따지려는 건 아니었다. 엄마에게 무슨 일이 있었는지, 그간 어떻게 살았는지, 자식들이 보고 싶지 않았는지, 그게 궁금했을 뿐이었다.

어머니를 만나고 난 뒤 은재의 시간도 조금은 차분해져 갔다. 졸업 후 기숙형 대안학교에서 기간제 교사로 근무하면서 어린 시절의 은재와 비슷한 삶의 형태를 가진 아이들을 가르쳤다. 그러다 운 좋게 정규직 전환이 되어, 비로소 정교사로 활동할 수 있는 기회도 얻었다. 사랑하는 사람을 만나 결혼도 했고, 이듬해에는 예쁜 딸도 낳았다. 장성한 어른이 되어 초연한 왕처럼 어두운 세상을 뚜벅뚜벅 걸어갈 수 있을 나이가 되어서야 비로소 어린 시절의 아픔도 조금씩 아물어져 가는 것을 느낄 수 있었다. 은재도 비로소 어른이 된 것이었다.

은재가 그 시간들을 견뎌낼 수 있었던 데는 형들의 영향과 도움도 있었다. 나이가 든다는 것, 그것은 곧 책임감을 의미하는 것이며, 그렇기에 주변 사람들로부터 받는 존경과 신뢰는 스스로 만들어가는 것이라는 것을 이해할 수 있는 지혜가 생긴다는 뜻과 같다. 싸움질, 오토바이, 담배로 점철되어 있던 창식이 형과 친구들이 딱 그랬다. 차츰 사고의 빈도가 잦아지는 듯하더니, 고등학교를 졸업할 무렵이 되어서는 각자의 길로 뿔뿔이 흩어져서 저마다의 하늘로 날아가기 시작한 것이었다.

창식이 형은 고등학교 졸업 이후 막바로 군대를 다녀온 뒤 신학대학교에 입학했다. 자신이 겪은 인생의 굴곡과 고난은 더 크고 의미 있는 일을 하기 위해 준비된 과정이었다고 생각한다며, 자신보다 어렵고 힘들게 사는 사람들을 도우면서 평생을 살겠다고 다짐했다는 거였다. 케냐와 탄자니아를 오가는 선교사가 된 창식이 형은, 비자 문제로 한국에 들어왔다가 만난 식사 자리에서 은재에게 '지금이 행복하다'고 이야기했다.

　-사람들이 참 순수해. 난 이런 순수한 사람들이랑 사는 게 행복해. 때 묻지 않고, 겸손하고, 친절하고. 아프리카 사람들이 가난하게만 사는 것 같지? 절대 그렇지 않아. 여기는 모든 게 풍부해. 과일도 풍부하고, 햇살도 풍부하고, 아름다운 경관들도 많고. 그만큼 사람들의 인심도 넉넉해. 한국에서는 느껴보지 못한 그런 행복이 있더라고. 언제 아프리카에 한번 와. 은재 너도 이런 행복을 한 번쯤은 느껴 봐야 되지 않겠어?

태식이 형은 전문대학을 졸업한 뒤 4년제 대학으로 편입학해서 학사 학위를 땄고, 졸업한 뒤 곧바로 작은 무역회사에서 직장생활을 시작했다. 태식이 형은 다른 형들과 달리 학업의 연장을 선택했다. 원래

머리가 좋았는지, 아니면 느즈막한 나이에 공부에 흥미가 생겼는지는 모르겠다. 이후 대학원에서 석사학위를 딴 뒤 박사과정도 준비한다고 했는데, 간간이 들려오는 소식에 의하면 대학에서 시간강사 형태로 강의도 하는 모양이었다. 다른 형들도 식당을 운영하거나 작은 사업체를 운영하며 자신들만의 세상을 조금씩 구축해나가고 있었다. 무엇보다 은재와 소연이가 보육원에 들어간 뒤, 은재와 소연이를 있는 힘껏 사랑하며 마음으로 보듬어주었던 형들에 대한 추억은 한평생 은재에게 마음의 빚으로 남게 될 것이라고, 은재는 생각했다.

초등학교를 졸업하고 중학교에 들어갈 때까지만 하더라도 선생님과 만남을 가질 기회가 종종 있었다. 이제는 작게만 느껴지는 교실에서, 선생님이 사주신 햄버거와 감자튀김을 먹으면서 창식이와 은재는 선생님으로부터 많은 이야기를 들을 수 있었다. 선생님의 첫사랑 이야기, 교사가 되기로 결심했던 어린 시절의 추억들, 학창 시절 있었던 재미난 경험들. 선생님이 해주신 말씀은 모두 재미있었고, 은재와 창식이가 마음에서부터 조금씩 어른으로 성장하기에 큰 도움을 주는 훌륭한 조언들이었다. 그러다 창식이와 친구들이 고등학교에 들어가고 은재와 소연이도 보육원에 들어갈 무렵, 선생님은 서울의 한 초등학교로 전근 발령을 받았다. 청천벽력 같은 소식이었다.

-자주 편지하고, 전화도 주고받자. 선생님은 언제나 너희들을 잊지 않고 있으마. 우린 아직 살아갈 날이 많잖니. 볼 날도 아직 많이 남아 있

고 말이야.

선생님은 웃으며 말했지만, 선생님과의 이별은 은재에게도, 창식이와 아이들에게도, 어른이 감당해야 할 무게와 삶의 의미에 대해 생각하게 만드는 순간이기도 했다. 나이가 들고 성장한다는 것은, 새로운 만남과 작별에도 조금은 익숙해진다는 것을 의미했다. 선생님은 이제 희미한 기억 속에서만 남아서 예전의 그 자상한 미소를 짓고 계셨다.

은재는 충분히 행복했다. 가족이 생기고, 일이 생기고, 자식이 생겼다. 그들로부터 받는 사랑은 어린 시절의 기억을 충분히 쓰다듬어줄 수 있는 즐거움으로 바뀌었고, 학교에서 마주치는 아이들의 재잘거리는 웃음소리와 맑은 눈동자를 볼 때면, 어린 시절의 자신의 모습이 떠올라 온 마음을 다해 사랑해줄 수밖에 없었다. 감사로 채워지는 날들의 연속이었다. 선생님이 되고 보니, 어린 시절 자신에게 그토록 애정을 쏟아부어 주었던 선생님이 얼마나 크고 놀라운 일을 해오셨던 것인지 비로소 알게 되었다.

선생님을 찾기 위한 노력을 하지 않은 것은 아니었지만, 생각처럼 쉽지 않았다. 선생님은 어느 시점에선가 교직에서 은퇴하셨는데, 어느 누구도 선생님의 행방을 아는 사람이 없었다. 조용한 시골 마을에서 농사를 지으면서 사신다더라는 이야기를 얼핏 듣긴 했으나 확인되지 않은 뜬소문이었다. 게다가 하루하루가 빠듯했다. 시간은 누구에게나 공평한 것이라고 하지만, 의미 있는 공간 속에서 자신의 영혼을 다스려가는 은재에게 시간이라는 녀석은 다른 사람들과 비슷한 경제적 풍족함을 허락해주지는 않았다. 바쁜 일상 속에서 분주히 학교생활을 해나가는 동안 은재의 마음속에서도 조금씩 선생님을 잊어가고 있었다.

그렇게 헤아릴 수 없는 오랜 시간이 지난 어느 날, 우연히 선생님의 소식을 들었다. 농삿일을 하며 노년을 보내시던 선생님은 지병으로 쓰러지셨고, 시골에 위치한 어느 요양병원에서 마지막 임종을 기다리고 있다는 소식이었다. 왜 이제야 선생님의 소식을 듣게 되었단 말인가. 하늘이 허락한 행복에 젖어서 잊지 말아야 할 사람들을 잊어버리고 살았던 건 아니었을까. 결국 나의 나태함 때문에 이제와서야 이런 안타까운 소식을 듣게 되는구나. 뒤늦게나마 자책한들 소용없었다. 따뜻한 온기를 가진 입김이 아니었다면 아무도 들을 수 없는, 들리지 않는 한숨 소리가 은재의 깊은 속에서부터 흘러나왔다.

이름 덕분이었을까. 세상에서 한 발자국 떨어진 곳에 병원은 위치하고 있었다. 구불구불한 산길을 한참 올라가야 찾을 수 있을 정도로 외진 곳은 아니었지만, 아름다운 소녀의 발간 볼처럼 풍성하게 붉어진 산등성이 아늑하게 둘러진 곳이었다. 반가운 듯 지저귀는 새소리도, 고즈넉한 분위기도 좋았다. 따뜻한 영혼이 포근하게 몸을 누일 수 있을 만큼 아름답고 조용한 병원이었다. 차분하고 인자한 표정을 가진 중년여성 한 분이 가벼운 발걸음으로 어디론가 이동하고 있었다. 하늘색 머리 두건과 무채색 유니폼, 차분하고 품위 있는 걸음걸이가 일종의 성자처럼 보였는데, 유니폼 위에 직함과 이름이 적혀 있는 명찰이 아니었다면 저도 모르게 합장이라도 해야겠다 싶을 정도로 인상적이었다. 요양병원만 아니었다면 선생님과 무척 어울리는 장소인 것 같다, 라고 은재는 생각했다.

문을 열고 들어가자 따뜻한 온기가 은재의 차가운 볼을 따뜻하게 보듬어주었다. 원무실이라고 적힌 작은 사무실 유리창 너머 여직원으로 보이는 한 여성이 은재를 발견하고 다가와 용건을 물었다.

-저, 면회 왔습니다.
-아, 네. 환자분 성함이 어떻게 되실까요?
-최준 자 식 자입니다. 최준식입니다.
-환자분과 관계가 어떻게 되시나요?
-어, 제자입니다. 학창 시절 선생님이세요.

은재는 차마 은사님이라는 말을 할 수가 없었다. 은사님, 이라는 말은 아무래도 어색해서 마음에 와닿지가 않았다. 선생님은 이전에도 선생님이었고, 지금도 선생님이고, 앞으로도 선생님일 것이다. 그리고 선생님이 선생님이라는 지극히 단순하고도 아름다운 사실이 은재로 하여금 먼 타지까지 찾아오게 만든 이유이기도 했다.

-사실 저희 병원이 가족분들 외에는 면회가 어려운 곳인데요, 최준식 환자분은 오시는 분들마다 누구든지 다 면회가 가능하도록 해서 인적 사항 정도만 적어주시고 들어가시면 될 것 같아요. 연락처랑 성함, 환자분과의 관계, 주소만 적어주시면 되세요. 환자분이 계신 곳은 115호이구요, 들어가실 때 노크 한 번 부탁드릴게요.

여직원이 은재에게 방문객 파일을 내밀며 이야기했다.

여직원이 전해준 말이 어디까지 진실이고 거짓인지 은재는 알지 못했다. 어쩌면 여직원은 환자라고 불리는 최준식, 그러니까 선생님을 찾아오는 사람들의 대다수가 그의 제자들인데다, 그렇게 찾아오는 제자들을 만나고 난 뒤에는 뭔가 이전에는 없던 밝은 기운으로 조용히 산책을 다녀오는 그의 뒷모습이 그를 둘러싸고 있던 깊은 적적함에서 벗어나 한층 가벼워진다는 것을 분명히 봐왔기에, 은재의 대답에 섣부른 선택을 한 것인지도 모를 일이었다. 은재는 그런 여직원의 속마음을 알 리 없었기에, 그가 내미는 방문객 파일에 인적 사항을 기록했다.

관계 : 선생님과 학생.

선생님이 계신 방으로 이동하는 동안, 심장이 빠르게 뛰는 것을 느졌다. 은재의 유년 시절을, 학창 시절을, 인생을, 어쩌면 삶 전체를 통째로 바꾸어준 위대한 인물이, 지금은 작고 적막한 방에 홀로 누워 생의 마지막을 준비하고 있는 것이다. 차분할 줄만 알았던 은재의 마음이 크게 요동치고 있었다. 선생님은 어떤 모습으로 계실까. 예전의 당당한 선생님일까. 아냐, 벌써 30년이나 지났잖아. 나도 이렇게 바뀌었는데 선생님도 많이 달라지셨겠지. 내 이름을 기억이나 하고 계실까. 뭐라고 소개해야 하지. 선생님이 계신 병실로 걸어가는 그 짧은 시간이 마치 영원처럼 느껴졌다. 곧, 발소리도 들리지 않았다. 복도 바닥이, 은재가 발을 디딘 모든 바닥이 먼지가 되어 공기 중으로 흩뿌려지는 듯한 느낌이었다.

똑똑똑.

아무 소리도 들리지 않는 적막감 속에서, 은재는 우두커니 서서 한참동안 손잡이만 뚫어져라 바라보고 있었다. 혹시나 선생님이 자신을 기억하지 못하는 것은 아닐까, 하는 두려움에 앞서, 이렇게 불쑥 찾아와서 당신의 평안한 시간을 깨트리는 것이 짐짓 무례하게 보이지나 않을까, 하는 초조함마저 들었기 때문이었다. 그러나 용기를 내야 했다.

얼마나 그리워하던 얼굴인가? 얼마나 마음 깊이 묻어두었던 이름인가? 지난날의 잘못을 인정하고, 너무 늦게 찾아뵙게 되어 죄송하다고,

용서해달라고 하면 될 일이었다. 설령 불쾌한 기분에 젖어 나가라고 한들, 손이라도 한 번 꼭 잡아보고 나오면 되지 않겠나. 생각이 거기에 까지 미치자, 은재는 일순간 담대해졌다. 까짓것 여기까지 왔는데 문 열고 들어가는 게 대수인가, 하는 치기 어린 용기마저 들었다. 그런 용기가 무색하게, 은재는 살며시 대답 없는 문을 열고 들어갔다.

작고 하얀 침대 위에, 그보다 작은 영혼이 누워 있었다. 활력징후라고는 찾아볼 수 없을 만큼 작은 육체의 코에는 핏줄보다 조금 더 굵은 투명관이 꽂혀 있었고, 앙상한 양 팔뚝에는 투명관만큼 굵은 바늘이 꽂혀 있었다.

　-선생님.

은재가 조용히, 그의 영혼을 향해 이름을 불렀다. 아무런 기척이 없었다. 호흡만 하고 있을 뿐, 그의 육체는 수분이 사라진 나무토막이나 장작개비처럼 메마르고 말라 있었다. 작게 벌려진 입 안에서 시큼한 냄새가 흘러나오고 있었다. 은재는 고개를 숙여 그의 귀에 입을 갖다 대었다. 그리고 속삭이듯, 하지만 조금 더 분명한 목소리로 그의 영혼을 불렀다.

　-선생님, 저 은재입니다. 연신초등학교 3학년 2반 김은재요.

그럼에도 그에게서는 아무런 반응이 없었다. 살아있는지, 과연 은재의 목소리를 듣고 있는지조차도 알 수 없었다. 은재는 가만히 그의 감은 눈과 얼굴을 바라보았다. 야위고 핏기 없는, 오래된 고목나무처럼 딱딱하고 거무스름한 얼굴이었다. 검지 손가락 한 마디를 아주 조금 까딱거린 정도로 그가 은재의 이야기를 듣고 있음을, 그리고 은재를 기억하고 있음을 알렸지만, 은재는 너무 작은 그 울림을 미처 눈치채지 못했다. 그만큼 작고 여린 움직임이었다.

'선생님, 너무 늦게 인사드리게 되어서 죄송합니다. 바빠서, 여유가 없어서 이제서야 오게 되었다는 핑계를 하려는 건 아닙니다. 그냥, 아주 그냥 잊고 있었다는 게 더 적절한 표현일 것 같습니다.

선생님, 저는요. 어른이 되면 선생님이 되고 싶었습니다. 선생님이 저희한테 주신 그 사랑과 관심을 아이들에게 베푸는, 그런 선생님이 되고 싶었습니다. 존경받는 선생님이요. 근데 어른이 되어보니까, 그게 참 쉽지 않더라고요. 아이들을 내 자식처럼 생각하는 것도 그렇고, 아이들을 위한답시고 했던 모든 것들이, 과연 아이들을 위한 것이었는가 하는 질문 안에서 아무 말도 할 수 없는 저를 발견했습니다. 저는 누군가의 선생님이었다기보다는, 그냥 선생님의 제자이고 싶습니다. 그게 저에게 더 어울리는 이름인 것 같습니다.'

한참 동안 그의 얼굴을 바라보면서, 은재는 속으로 홀로 되뇌었다.

은재는 문득 아버지가 생각났다. 이제는 사진 속에서나 볼 수 있는, 기억조차 희미한 아버지의 얼굴이 선생님의 얼굴과 겹쳐지면서 은재의 마음을 파고들었다. 선생님의 얼굴에서 아버지의 얼굴, 아버지의 모습이 비춰진다고 느껴지는 그 순간, 그 얼굴은 곧 창식이 형의 얼굴로 바뀌었다. 은재는 가만히 그 얼굴을 바라보고 있었다.

창식이 형은 울고 있었다. 선교사가 되어 아프리카 아이들의 마음을 어루만져주고 싶다던 창식이 형은, 어린 시절 그 모습 그대로, 작은 손등으로 눈물을 닦아내며 울고 있었다. 작게 흐느끼던 창식이 형은 울면서 천천히 옷을 벗었다. 어느덧 앙상하고 야윈, 그리고 투명한 유리처럼 보이는 아홉 살 창식이 형의 모습이 은재 앞에 서 있었다. 거기에는 수많은 상처가 딱지처럼 붙어 있었다. 늘 강하게만 보이던 창식의 형의 마음에 남은 깊은 상처와 흉터들이, 딱지가 되어 덕지덕지 붙어 있었다. 저 흉터들은 어떤 상처였을까, 은재는 가만히 생각하며 창식이 형의 얼굴을 바라보았다.

이내 창식이 형의 얼굴은 태식이 형의 얼굴로도 바뀌었다. 태식이 형은 무표정한 얼굴로, 그러나 한껏 상기된 채로 은재의 얼굴을 가만히 바라보고 있었다. 그 얼굴은 때묻지 않은 순수한 어린 시절 태식이 형의 얼굴이었다.
태식이 형의 얼굴이 낯설었다. 밀랍과 같은 느낌이랄까. 크게 소리치고 싶고, 움직이고 싶지만, 소리칠 수도, 움직일 수도 없는 무언가가 감추어져 있는 듯한 느낌이었다. 형의 모습이 왠지 모르게 어색하다고 느껴질 때쯤, 어린 시절 태식이 형의 얼굴이 조금씩 조각나기 시작했다.

광대와 눈두덩이에서 시작된 딱지 조각의 떨어져 내림은 목덜미로, 어깨로, 가슴으로 내려갔다. 조각조각 부서지는 얼굴은 작은 딱지들이 되어 바닥으로 조금씩 떨어지는 듯하더니, 어느 순간 완전히, 와르르 무너져 내리기 시작했다. 마치 거대한 피라미드가 붕괴되듯, 태식이 형의 육체마저도 부서져 내렸다. 내부에 응집된 어떤 강한 힘이 태식이 형의 육체를 마구 무너뜨리는 듯했다. 은재는 말없이 태식이 형의 육체가 무너져 내림을 가만히 바라보고 있었다. 작은 육체가 먼지처럼 조각나서 산산히 부서지는 시간. 어쩌면 그 시간은 찰나의 순간이었는지도 모르겠다. 하지만 은재에게 그 시간은 영원의 시간처럼 느껴졌다. 태초의 불덩이였던 행성이 생명이 태어나고 수풀이 우거진 지구가 되는 것처럼, 아주 오랫동안 은재는 가만히 서서 그 시간을 바라보고 있었던 것처럼 느껴졌다.

작은 딱지로 이루어져 있던 태식이 형의 육체가 조각난 채로 부서진 자리에는 아무것도 없었다. 미세한 바람 소리만이 가늘게 들릴 뿐이었다. 그러나 그 소리는 바람 소리가 아니었다. 풀벌레 소리일까, 은

247

재는 생각했다. 그것도 아니었다. 그건 작은 울음소리였다. 아무것도 없다고 느껴지던 그 자리에 누군가 서 있었다.

거기에는 울고 있는 한 사내아이가 있었다. 네댓 살 정도 되었을까. 엄마의 손을 잡고 있던 볼그댕댕한 얼굴의 그 아이는 우빈이 형이 되었고, 성재 형이 되었고, 민수 형이 되었고, 찬우 형이 되었고, 병수 형이 되었다. 그들은 모두 멀어져 가는 엄마의 뒷모습을 바라보며 한없이 울고 있었다. 눈에서 떨어지는 눈물방울이 바늘이 되어 바닥으로 떨어져 하나둘 꽂혔다. 은빛으로 반짝거리는 바늘은 작고 가늘었지만 무척이나 뾰족하고 날카로웠다. 멀어져 가는 엄마의 뒷모습을 바라보며 울던 그 아이는 가만히, 은재의 눈을 바라보았다. 울고 있는 아이의 눈동자 속에 울고 있는 은재의 얼굴이 보였다. 은재도 울고 있었다. 네댓 살 정도 되어 보이는 은재가 함께 울고 있었다.

그 자리에 주미와 찬욱이, 수진이가 있었다. 그들은 모두 울고 있었다. 가만히 은재의 얼굴을 바라보던 아이들은, 그때의 그 모습으로 은재에게서 조금씩 멀어져 갔다. 뒤쫓아가고 싶었지만 발이 움직이지 않았다. 은재는 애타게 그들의 이름을 소리쳐 불렀다. 주미야. 찬욱아. 수진아. 큰소리로 그들의 이름을 불러보았지만 아무런 소리도 나오지 않았다. 그들은 그저 조금씩, 아주 조금씩, 은재에게서 멀어져갈 뿐이었다. 상처투성이인 딱지 조각들을 하나둘 떨어뜨리면서. 그들과 함께 보낸 시간들도, 그들과 함께 조금씩 멀어져가고 있었다. 딱지 안에는 은재의 꿈도, 희망도, 소망도, 분노도 조용히 잠들어 있었다. 아이들이 떨어뜨린 상처투성이의 딱지 조각들은, 차마 꺼내놓지 못한 마음의 딱지들이었다. 학교를 졸업하고, 성인이 되어 어머니를 만나고, 사랑하는 사람이 생기고, 아이들의 밝은 미소에서 자그마한 행복을 발견하고, 아버지와 선생님의 삶을 이해할 만한 나이가 되어서야 모두 저마다 마음에 크고 작은 상처를, 딱지처럼 가지고 다닌다는 사실을 이해하게 된 것이었다. 흉하게만 보이던 딱지가 떨어진 자리에는 작은 흉터만이 남아 마음 깊은 곳에 감추어져 있었다.

은재는 선생님이 될 수 있어서, 마음의 빚을 조금은 갚게 되었는지도 모르겠다고 생각했다. 선생님과 아버지에게, 창식이 형과 태식이 형과 우빈이 형에게, 수진이와 주미에게 가진 마음의 빚이었다. 은재를 가르치고, 그 은재가 또 다른 은재를 가르치는 지금, 선생님은 은재에게 아버지가 되어주었던 것을 은재는 기억한다. 그렇게 선생님과 은재는 어제보다 오늘을 더 간절히 그리워하고, 오늘보다 내일을 더 간절히 그리워하게 될지도 모른다.

召天

-아버지, 저도 자랑스러운 아들입니까? 아버지! 저도 자랑스러운 아들입니까?

생의 마지막 순간, 서자庶子로 태어난 준식이 있는 힘껏 외친 한마디였다.

딱지

초판인쇄 2025년 01월 10일
초판발행 2025년 01월 10일

지은이 전준우
펴낸이 채종준
펴낸곳 한국학술정보(주)
주 소 경기도 파주시 회동길 230(문발동)
전 화 031-908-3181(대표)
팩 스 031-908-3189
홈페이지 http://ebook.kstudy.com
E-mail 출판사업부 publish@kstudy.com
등 록 제일산-115호(2000. 6. 19)

ISBN 979-11-7318-162-7 03810